Jorge Luis
Borges
María Esther
Vázquez

Literaturas Germánicas Medievales

日耳曼中世纪文学

[阿根廷] 豪尔赫·路易斯·博尔赫斯　玛丽亚·埃丝特·巴斯克斯 著

崔燕 译

上海译文出版社

目 录

序　言

　　本书试图把三种文学起源的历史进行汇总，这三种文学源自同一个根系，却随着历史的沧桑变迁各自演变，和记载它们的文字一样，最终走得越来越远。这个共同的根源就是塔西佗在公元一世纪命名的日耳曼尼亚；这个名字就其本身而言，其地理意义远不如民族意义，但是，与其说是一个民族，不如说是风俗、语言、传统和神话传说都较为接近的多个部族的集合体。克尔[1]曾注意到，日耳曼尼亚从未形成过政治实体，但是大陆上的日耳曼人的"沃丁"（Wotan）就是英格兰地区撒克逊人的"沃登"（Woden），而在斯堪的纳维亚人那里，又变成了"奥丁"（Othin）。我们所处的北半球主要受到罗马和基督教的影响，创作史诗《贝奥武甫》的诗人对于《埃涅阿斯纪》一定不陌生，而在冰岛文学中最重要的《海姆斯克林拉》（*Heimskringla*）一书的标题中，我们就不难看到翻译过来的拉丁短语 orbis terrarum[2] 的影子。

鉴于年代久远，材料几乎完全陌生，本书并非一部历史，而更像是一部选集。我们不应忘记，诗歌是很难翻译的；任何一个现代的版本都无法完整地呈现原始文本中那种纯粹而古老的韵味；拥有丰富辅音群的各种日耳曼语言，可以很好地表现出史诗那种粗犷的美，却很难传递出抒情诗沉静的甜美。通晓德语或英语的读者，在研究古老的行文方式时不会遇到不可逾越的障碍。本书最后的参考书目对此也有所提示。

有不少优秀的、著名的文学史，其关于中世纪文学的段落我们也会在本书中呈现，无视它们将是非常荒谬的。但是，

1　William Paton Ker（1855—1923），英国学者、散文家。
2　拉丁文，世界。

我们认为，更重要的是我们必须指出，本书的编写理念及其实践都直接建立在原始文本之上，除了乌尔菲拉版的《圣经》。

读过萨迦的人都会在现代文学中找到它们的影子；研究撒克逊诗歌，甚至古代斯堪的纳维亚游吟诗人的人，也会发现比喻中存在奇特的、巴洛克式的例子。

豪·路·博尔赫斯　玛·埃·巴斯克斯

布宜诺斯艾利斯，一九六五年一月二十七日

本书的前一版由豪尔赫·路易斯·博尔赫斯与德丽雅·尹荷涅罗斯共同执笔，以《日耳曼古典文学》为题，于一九五一年出版。十五年后，豪尔赫·路易斯·博尔赫斯和玛丽亚·埃丝特·巴斯克斯一起对原书重新审订、修改和增补，以《日耳曼中世纪文学》为名于一九六六年由法尔博书人出版社出版。

乌 尔 菲 拉

　　日耳曼文学的起源中，有一位哥特大主教，乌尔菲拉（Wulfilas，狼崽），生于公元三一一年，死于公元三八三年前后。他父亲是个哥特人，母亲是一个基督教俘虏；除了哥特语之外，乌尔菲拉还精通拉丁语和希腊语。三十岁的时候，他必须去君士坦丁堡传教，在当地加入了阿里乌斯教派，这个教派的教义是否认圣子的永恒传代以及他与圣父同质。当时他已经接受尼科米底亚的优西比乌斯的涂油，成为了大主教。不久之后，他就回到了自己的国家，在多瑙河北岸开始传教，让哥特人皈依。他的传教事业进展得十分艰难。国王阿萨纳里克信奉传统的神明，命人用车拉着一个粗劣的奥丁神形象在国内四处巡游。遇到有不敬神的，就把他们抛入火中烧死。迫害愈演愈烈。公元三四八年，乌尔菲拉率领他的信众、羊群和其他牲口群横渡多瑙河，带领他们来到一个偏远地区，即今天的保加利亚。追随乌尔菲拉的人远离了兄弟姐妹之间的争斗喧嚣，在那里过上了安定平和的田园生活。

两个世纪之后，历史学家约达尼斯[1]在他的《哥特史》中写道："亦被称为少数民族的其他哥特人，其实是一个人数众多的民族，他们的主教和首领名叫乌尔菲拉，据传说，是他教会了哥特人书写；这些就是如今居住在欧可波利斯的哥特人。他们生性平和，生活贫苦，大多居住在山脚下，除了牲口、土地和森林，没有别的财产。他们的田地果实累累，却不适合栽种小麦；至于葡萄，他们中的许多人根本不知道世界上居然还有这种东西；他们只喝牛奶。"

乌尔菲拉的希腊语著作早已佚失，他的拉丁语作品也只留下他临终之际不断重复的一句祈祷词：Ego Ulfilas semper sic credidi ...[2] 乌尔菲拉生平最重要的作品就是他用西哥特语

---

1 Jordanes（活跃于公元 6 世纪），哥特人历史学家，致力于用拉丁文撰写历史。
2 拉丁文，我，乌尔菲拉，总是如此相信……

翻译的《圣经》。"他谨慎地略去了四卷本的《列王纪》，"吉本[1]注意到，"因为这几本书明显带有激励野蛮人嗜血本性的倾向。"在动手翻译之前，乌尔菲拉不得不先着手创造即将用来写作的文字。当时，日耳曼人主要使用如尼文字母，大概有二十来个字母，适合雕刻在木头或金属上，在公众的想象中，这些如尼文字母与异教徒的巫术密不可分。乌尔菲拉从希腊文字母中借用了十八个字母，从如尼文中借用了五个字母，从拉丁语中借用了一个字母，还从不知道什么文字中借用了一个字母，充当字母 Q，由此，乌尔菲拉创造出所谓的乌尔菲拉字母，或哥特字母。

乌尔菲拉版的《圣经》中的许多段落篇章被保留在所谓的 Codex-Argenteus（白银抄本）中，之所以这么称呼是因为这个抄本的字母是银质的，抄本的装帧用的也是白银。该抄本于十六世纪发现于威斯特伐利亚，目前保存在乌普萨拉。在意大利一座修道院图书馆中发现的再生羊皮纸卷中，人们找到了乌尔菲拉版《圣经》的另一些段落。（之所以称之为

---

1 Edward Gibbon（1737—1794），英国历史学家，以所著《罗马帝国衰亡史》而闻名。

"再生羊皮纸卷"是因为是把羊皮纸卷上原来的文字去除后重新把文字书写在上面的。)

哥特语《圣经》是日耳曼语言中最古老的纪念碑。乌尔菲拉不得不克服重重困难。《圣经》远不是一本书，而是一种文学。用武士和牧羊人的方言重现这部时而复杂时而晦涩的文学，应该说，首先是一项几乎不可能完成的任务。乌尔菲拉下定决心要完成这项任务，有时候甚至显得锐意而坚决。他非常自然地大量使用外来语和新词汇，他必须先将语言"文明化"。他的文字为今天的我们保留了无数惊喜。在《马可福音》（第八章第三十六节）中，他写道："人类究竟想干什么？他一边欺骗着全世界，一边将灵魂随处丢弃。"乌尔菲拉把世界（cosmos，原意是"秩序"）比作美丽的家园。几个世纪之后，盎格鲁-撒克逊人则把世界译成woruld（wereald，人类的年龄），把人类有限的时间与神灵无限的存在进行了鲜明的对比。对简单单纯的日耳曼人来说，宇宙和世界的概念实在太过抽象。

就这样，通过乌尔菲拉这位约翰·威克里夫[1]和马丁·路

---

1 John Wycliffe（1330—1384），神学家、哲学家、宗教改革运动的先驱者之一。

德式的遥远先驱的著作，西哥特人成了欧洲第一个拥有本国《圣经》的民族。帕尔格雷夫[1]在解释这个第一的时候，曾举例说，将拉丁语文章翻译成罗曼语，虽然二者非常相似，但这项工作仍然像拙劣的模仿和不敬的亵渎那样，充满了不确定性。

在基督时代之前，日耳曼语早已分为三大类：东部的、西部的和北部的。北部的日耳曼语随着维京人的语言得到了极广的传播，后来更是被维京人带到了英格兰、爱尔兰和诺曼底，在美洲沿海和君士坦丁堡的街巷都能听到这种语言；西部的日耳曼语后来演变成了德语、荷兰语和英语，后者最终遍布全球；东部的日耳曼语正是乌尔菲拉为复杂的文学前景费心驯服的，却永远地消失了。日耳曼人的帝国命运也未能拯救这种语言。克维多和曼利克曾歌咏他们祖先西哥特人的荣耀，用的却是从拉丁语衍生出来的分支——西班牙语。

---

1 Francis Turner Palgrave（1824—1897），英国评论家、诗人。

英格兰的撒克逊文学

据我们所知，在一个少数部族的目录中，塔西佗唯一一次用笔写下了盎格鲁人的名字，不久之后，这个名字就在英格兰（Engla-land, England）传播开来。在塔西佗的《日耳曼尼亚志》一书的第四十章，我们可以读到这样的文字："在郎哥巴底人之外，则有柔底尼人、阿威构内斯人、盎格利夷人、瓦累尼人、欧多色斯人、斯瓦多年斯人和努伊托内斯人，他们都为河流与森林所环绕。其中没有什么值得提到的，不过他们共同崇奉大地之母纳尔土斯，他们相信她乘着神车巡行于各部落之间，过问凡间之事。在大洋中的一个岛上，有一丛神林，神林之中，有一辆供献给神的牸车，覆盖着一件长袍。只有一个祭司可以接触这辆车子。当女神下降到这隐僻的地方时，只有这个祭司能够感觉出来，于是牝犊拉着车上的女神前进，而他则以兢兢业业的敬畏心情随侍车后。女神光临到哪里，哪里就设酒宴庆贺，女神降临的时期是欢乐的时期。在这时期中，他们不打仗，不带兵器，所有的兵器都收藏起来，只有在这个时候，他们才知道和欢迎和平与安宁，等到女神厌倦于凡间的交际以后，再由这位祭司将她送回她的庙宇。如果你相信的话，据说这辆车、车上的长袍和女神本身都要在一个神秘的湖中沐浴。送去服侍女神的奴隶们这时立刻就被湖水所吞没。因此引起一种神秘的恐怖和愚昧的虔诚，认为只有注定了要死的人才能见到女神的沐浴。"

这是塔西佗在公元一世纪前后写下的文字。大约四百年后，盎格鲁人、朱特人、撒克逊人，甚至弗里斯兰人，侵入了罗马帝国的布列塔尼省，该地很快就被命名为英格兰。入侵者来自丹麦，来自低地国家，来自莱茵河入海口附近。他们是北海和波罗的海的子民，几个世纪以来，他们仍然保留了关于那些地区的记忆，深深地怀念那些地区。朱特人多半是商人；撒克逊人多半来自海盗联邦；盎格鲁人据说全体移民到了英国，而他们从前在丹麦南部的故土则变得荒无人烟。

这些人在英格兰建起了多个小王国，很快就抛弃了从前对沃登的信仰，转而信奉基督，但是他们仍然忠实于自己的语言和传统。他们并没有定居在刚刚征服的罗马城邦，而是将罗马城邦弃之荒野。随着时间的流逝，武士并没有继续自己的光荣伟业，而更愿意奔向广袤的原野。对于这些来自大海和森林的人来说，城邦和道路实在太过复杂。

更早之前的文字记载则突出了征服的血腥。智者吉尔达曾写道："一群小狗崽子离开了日耳曼尼亚这头野蛮母狮的洞穴，分乘三艘战舰，随行的有神奇的一帆风顺和各种有利的吉兆。从前的罪孽燃起的愤怒之火，从海洋烧到海洋，在东方得到了我们敌人双手的滋养，最后烧到了海岛的另一侧，将其鲜红而野蛮的火舌沉入西方的大洋之中。一些人在山林中被捕后遇害了；另外一些则饱受饥饿的折磨，在濒临死亡的边缘，自愿当起了奴隶，殊不知这竟然成为了他们生命中最大的幸事；一些人渡过了大海；而另一些人则将自己的救赎寄托在山峦、悬崖、森林和海中的岩石上，他们留在了自己的国度，却心惊胆战地度过余生。"

吉尔达提到的那些渡过大海的人，就是那些逃离了撒克逊人掌控的布列塔尼人，他们逃往阿莫尼卡，即今日的不列颠，寻求庇护。那三艘战舰可能就象征着征服英格兰的三个民族。吉本倾向于认为有数百艘独木舟，有一个极为漫长的入侵和移民过程，这个过程甚至超过百年，远非一个简单的军事行动能够涵盖。他接着描述侵略者的状态，说他们"做好了坦然接受随机成为渔民或海盗的准备，因为他们最初的冒险行为唤醒了最勇敢的同胞沉睡的意识，他们早已厌倦了从前在森林和高山的阴影下生活的日子"。

丹麦语言学家奥托·叶斯柏森认为盎格鲁-撒克逊语和弗里斯兰语一样，介于西方日耳曼语言与斯堪的纳维亚语言之间。地理位置证明了这个假设。时至今日，我们早已看到这些日耳曼侵略者中，大部分来自丹麦与石勒苏益格-荷尔斯泰因的交界地区。今天我们早已熟悉的"盎格鲁-撒克逊语"的说法，曾经有过两种解读方式：一说这是撒克逊人和盎格鲁人的语言；还有一种更接近事实真相的说法是，这被推测为一种把英格兰的撒克逊人与留在大陆上的撒克逊人区别开来的语言。英格兰在中世纪曾被称为 Seaxland（撒克逊），他们的语言则一直被称为 englisc（英语）。"英语"一词要比"英格兰"一词出现得更早。

古时的英语，辅音硬，元音开口，比现代英语的发音更亮更刺耳，现代英语早已被磨光了棱角。甚至还有一些辅音组合今天早已消失不见了：面包，今天叫做 loaf，曾经被称为 hlaf；斜靠，今天是 to neigh，曾是 hneagan；戒指，现在是 ring，曾经是 hring；鲸鱼，现在是 whale，曾是 hwael。英语的语法结构曾经非常复杂。曾经有三种语法意义上的性（就像德语和拉丁语），四种格和无数的变位及变格形式。刚开始的时候，词汇是纯洁的；后来逐渐吸收了斯堪的纳维亚语、凯尔特语和拉丁语的词汇。

和其他文学一样，盎格鲁-撒克逊文学中，诗歌的出现早于散文。每行诗句没有固定的音节数量，主要分为两部分，每部分都有两个重读音节。既不押韵，也不协韵；诗歌最主要的特征是押头韵，也就是说，罗列首字母相同的单词，通常是每行三个（前半部分两个，后半部分一个）。元音彼此押头韵，也就是说，所有的元音和任何其他元音都是押头韵的。这种拥有四个重读音节和三个押头韵单词的特征表明重音是最主要的，而押头韵只是为了突出重音。这一规则在古典文献中曾被严格遵守，随着时间的流逝，却被人们逐渐忽略了。盎格鲁-撒克逊语今天已经死亡，但是对押头韵的喜好却在英语中保留了下来，不仅成语和谚语中经常押头韵（safe and sound[1]；fair or foul[2]；kith and kin[3]；fish, flesh or fowl[4]；friend or foe[5]），报纸上的标题和广告用语中也喜欢押头韵（pink pills for pale people[6]）。十八世纪末，柯勒律治在他的《古舟子咏》一诗的首段中，将韵律和押头韵结合在了一起：

The fair breeze blew, the white foam flew,

The furrow followed free;

We were the first that ever burst

Into that silent sea.[7]

1　英文，安然无恙。

2　英文，好坏。

3　英文，亲朋好友。

4　英文，一般作否定用法，什么都不是。

5　英文，是敌是友。

6　英文，为脸色苍白人士准备的粉色药丸。

7　英文，惠风吹拂，白浪飞溅，／船儿轻快地破浪向前，／我们是这里的第一批来客，／闯进这一片沉寂的海面。

事物的日常名称并不总能满足押头韵的需要，必须用复合词来替代它们，诗人很快发现这些词可以是比喻。于是，在《贝奥武甫》中，大海是风帆之路，天鹅之路，海浪之杯，鲸鱼之途；太阳是世界的烛光，天空的喜悦，苍穹上的宝石；竖琴是欢乐的木头；利剑是锤子下的残留物，争斗之友，战斗之光；战斗是刀剑的游戏，铁之风暴；舰船是渡海之舟；龙预示着黄昏即将到来，是宝藏的守护者；身体是骨架的栖息地；王后是和平的编织者；国王是多枚戒指的主人，男子最高尚的朋友，人民的首领，财产的分配者。在圣徒的圣品事迹中，大海也是鱼儿嬉戏的澡盆，海豹之途，鲸鱼之塘，鲸鱼之国；太阳是人类之光，白昼之光；眼睛是脸庞上的珠宝；舰船是驰骋在海浪之上的马匹，大海上的马儿；狼是丛林的栖息者；战斗是盾牌的嬉戏，枪矛的舞蹈；枪矛是战争的毒蛇；神是武士的欢乐。在《布伦纳堡之战》中，战斗是枪矛的交往，战旗的呻吟，刀剑的会合，人们的相遇。随着时间的推移，对这些近义词的掌握逐渐变成了诗人严格遵循的常见手段。不直接提到事物的名字，几乎成了诗人的一种义务。

孤立于上下文之外，单独陈列于此，这些比喻显得极为冷漠。但是，我们不应忘记，正是这些比喻为成就诗歌的韵律提供了有利条件。再说，在原文中，这些比喻要比在西班牙语中显得更为简练。所有这些事物都只用一个复合词表示，被视为一个整体。因此，在西班牙语中我们费劲地表示的"枪矛的相遇"在盎格鲁-撒克逊语中只需要用一个词 garmitting 即可。复合词在日耳曼语系的语言中是一种很自然的组词方式；德语中用 Fingerhut（手指之帽）来表示"顶针"，Handschuh（手穿的鞋）来表示"手套"，Regenbogen（雨之拱）来表示彩虹。

史诗《贝奥武甫》

    创作于公元八世纪的《贝奥武甫》是日耳曼文学中最古老的史诗纪念碑。这部史诗发现于一七〇五年，当时是作为丹麦人和瑞典人的战争史诗被记录在一部盎格鲁–撒克逊的手稿目录中。这种错误的定义主要是因为史诗的语言太过晦涩，十八世纪初，英格兰的确有能够读懂盎格鲁–撒克逊散文的学者，但是没人能够破解一首我们业已判定为用人造语言写成的诗歌。

    一位丹麦学者索克林被这份目录吸引，一七八六年专程前往英格兰抄写这份手稿。他花了二十一年时间来研究这份手稿，将其译写成拉丁语，并为其出版作准备。一八〇七年，英国舰队入侵哥本哈根，烧毁了索克林的房子，将其多年努力的丰硕成果毁于一旦。爱国热情化身为野蛮人，化身为比《贝奥武甫》的编者更接近这位英雄的人，此前曾经将他带往英格兰，而今全部扑向了他，将他的作品付之一炬。索克林从这场不幸中存活了下来，并于一八一五年出版了《贝奥武甫》的初版。这个版本，从今天看来，除了满足文学上的好奇心之外，没有别的价值。

另一位丹麦人，格伦特维神父，于一八二〇年出版了这首诗的另一个全新版本。截至当时，没有任何盎格鲁-撒克逊语的词典，更没有介绍这种语言的语法书。格伦特维是从盎格鲁-撒克逊语的散文，甚至《贝奥武甫》这首诗本身学习的这种语言。他对索克林的版本做了修订，随后即刻建议用当时他仍未读过的手抄本的原件进行比对，自然，这样一来，他触怒了原先的那个编者。后来，《贝奥武甫》出现了多个德语和英语的版本。这些版本中，值得一提的有克拉克·霍尔与厄尔的散文版本和威廉·莫里斯的诗歌版本。

除去一些枝蔓的情节，史诗《贝奥武甫》主要分为两个部分，可以概括如下：

贝奥武甫是耶阿特人某支的王子，耶阿特人居住在瑞典以南地区，有人把他们当作朱特人的一支，也有人认为他们是哥特人。贝奥武甫率领他的民众来到了当时统治丹麦的国王赫罗斯加的宫廷中。十二年——十二个冬天，诗中如是说——来，格林德尔，一个沼泽中的恶魔，化身为巨大的人形，经常在漆黑的夜晚闯入国王的宫殿，杀害和吞噬他的勇士。格林德尔是该隐的后裔，他受到魔法的保护，刀枪不入。贝奥武甫的拳头相当于三十个男子的力量，他许诺要杀死格林德尔，只见他不带任何武器，全身赤裸地在躲在黑暗中等待着格林德尔。勇士睡下了，格林德尔把其中一名勇士撕成碎片，生吞活剥，连骨头都吞了下去，还大口大口地喝着勇士的鲜血，当他想攻击贝奥武甫的时候，后者紧紧拽住了他的胳膊，怎么都不撒手。两人搏斗了一番，贝奥武甫把格林德尔的胳膊整个拽了下来，后者叫喊着逃回自己的沼泽。他逃回去就是等死，巨型的手、胳膊和肩膀成了战利品。当晚人们开始庆祝胜利，但是格林德尔的母亲——"海之狼，海之女，海底深处的母狼"——潜入了宫殿，杀死了赫罗斯加的一位朋友，带走了儿子的那条胳膊。贝奥武甫沿着血迹搜索山谷和荒原，最后，他来到了沼泽。在沼泽的死水中他找到了温血、毒蛇和那名勇士的头颅。贝奥武甫全副武装，跳入沼泽中，游了大半天才游到沼泽的深底。在一个没有水、却充满一种难以说清的光线的船舱中，贝奥武甫和这个女巫交起手来，最后用一把挂在墙上的巨型宝剑割下了女巫的脑袋，还把格林德尔的脑袋也从他的尸体上割了下来。格林德尔的血熔化了宝剑。最后，贝奥武甫重新回到沼泽上的时候，手里剩下了宝剑的剑柄和格林德尔的脑袋。四名壮士把这个沉重的脑袋运到了国王的宫殿。史诗的第一部分到此结束。

史诗的第二部分开始于五十年之后。贝奥武甫已经是耶阿特人的国王。这个故事中出现了一条经常在黑夜中逡巡的龙。三个世纪以来，这条龙一直都是宝藏的守护者。一个逃跑的奴隶偷偷溜进它的洞穴，偷走了一罐黄金。龙醒来之后发现黄金被偷，就杀死了那个小偷。之后，它下到洞穴最深处，仔细查看。（这是诗人奇怪的创作，在能展翅飞翔的龙身上居然安上了人类特有的那种不安全感。）龙开始摧毁国家。年迈的国王前往龙的洞穴。双方激战。贝奥武甫杀死了龙，却也在被龙咬了一口之后中毒身亡。人们安葬了他，十二名勇士抬着灵柩，"哀悼他的死亡，为他们的国王哭泣，重复着他的丰功伟绩，赞颂着他的名字"。

史诗《贝奥武甫》中的这些诗句经常被拿来与《伊利亚特》的最后一行诗做比较：

人们就这样举行驯马人赫克托耳的葬礼。

从《贝奥武甫》来看，日耳曼人的葬礼和匈奴人的葬礼极为相似。吉本在他的《罗马帝国衰亡史》中，曾这样描述阿提拉的葬礼："国王陛下的圣体边，护卫队骑行，齐声高唱纪念英雄的挽歌：他的生命历程是辉煌的，可是死亡却是不可战胜的，这是民众之父，是挥向仇敌的鞭子，震慑全球。"

《贝奥武甫》中还可以找到另一种葬礼仪式。一位丹麦国王的圣体被托付给随后投入"海洋领地"的一艘舰船。文中补充道："无论议会顾问还是天下所有英雄都无法确定，究竟谁将接替他的职责。"

英国著名的日耳曼研究专家威廉·帕顿·克尔在其作品《史诗与传奇》中提到，亚里士多德曾经把《奥德赛》压缩成短短的二十四行，克尔注意到，如果把史诗《贝奥武甫》压缩到这样的规模，那么，这首诗结构上的缺陷就会暴露无遗。克尔建议将其缩写为如下的讽刺短文："一个四处找活儿的男子来到国王的家，后者正饱受哈比[1]的骚扰，男子帮助国王清理他家之后衣锦还乡。多年之后，该名男子在家乡当上了国王，他杀死了一条龙，却中了后者的毒而身亡。他的民众为之哭泣，将他埋葬。"

克尔注意到，任何一种简写都无法消除《贝奥武甫》故事中基本的二元性。他还补充说，和龙的搏斗只是附录而已，并且由此提到了亚里士多德曾经对《赫拉克勒斯传》下过极为轻蔑的评论，因为该书的作者认为，赫拉克勒斯作为英雄，他的十二项丰功伟绩也应该成为传说。克尔写道："杀死龙和其他怪兽是古老传说中那些英雄惯常的职责，很难对这种稀松平常的琐碎小事赋以英雄的个人性或道德尊崇感。然而，史诗《贝奥武甫》却做到了这一点。"

事实上，在我们看来，龙参与到史诗《贝奥武甫》中对这首诗是有害的。我们看狮子是真实的，也是象征的；我们

---

1 Harpie，一种脸及身躯似女人而翼、尾、爪似鸟的怪物，性残忍贪婪。

看弥诺陶洛斯是象征的，而并非真实的；但是龙在那些神奇动物中，总是最不受欢迎的。我们觉得龙很幼稚，但凡有它出现的故事也因此被传染上了某种幼稚的色彩。不过，我们也不该忘记，这只是我们现代人的一种偏见，也许是因为受了当今的童话故事中龙的身影出现太多的影响吧。然而，在圣约翰的《启示录》中，曾经两次提到，"大龙就是那古蛇，名叫魔鬼，又叫撒旦"。无独有偶，圣奥古斯丁说魔鬼"是狮子和龙；狮子是因其勇猛，龙是因其狡诈"。荣格也注意到，龙身上既有蛇，又有鸟，既有大地，也有天空的成分。

克尔否认史诗《贝奥武甫》是前后一致的。想要反驳他，只要提到龙、格林德尔和格林德尔的母亲，他们都是恶的象征或化身。由此，《贝奥武甫》的故事就变成了：一个男子，曾经自认为赢得了一场争斗，然而，许多年之后，他不得不再次展开搏斗，而这一次，他并没有成为胜利者。也许，这是关于一名男子最终遭遇宿命，重返战场的故事。格林德尔，该隐的后裔，从某种意义上来说，他就是龙，是"被渲染的恐怖，是阴影下的顽疾"。大概这就是被克尔一直否认的所谓一致性吧。我并不是说这就是《贝奥武甫》的情节；我是说，这是创作《贝奥武甫》的诗人窥见的情节，或者说，是他写下的情节。

还有少数几种可能的情节。男子找到了自己的宿命，这也是其中一种情节。《贝奥武甫》也许是这个永恒主题中最基本的一种表述方式。

此外，《贝奥武甫》的血腥故事本身远没有故事创作的时代那么重要，就像《荷马史诗》那样，我们注意到刀剑的丰功伟绩和恶魔的肆意破坏都不如热情好客、忠诚可靠、彬彬有礼以及缓慢的、字斟句酌的讲演更能引起诗人的兴趣。《埃涅阿斯纪》的影响在格林德尔沼泽的著名描述中依稀可辨；据说《贝奥武甫》的佚名创作者是诺森布里亚王国的某位教士，在他身上，可以同时见到拉丁文学和斯堪的纳维亚传统的影响。作为基督徒，这位作者不能提到异教神明的名字，但他也同样没有提到救世主和任何圣徒。就这样，也许作者本意并非如此，他却营造出一个古老的世界，一个比传说和神话更为古老的世界。

整首诗共计三千二百余行，几乎被完整地保留到了今天。诗中的主要人物是耶阿特人、丹麦人和弗里斯兰人，按照我们的说法，故事就发生在大陆上。这就表明众多日耳曼民族早就意识到他们是一体的。对他们来说，"拉丁人"是一个难听的名词，就像 Welsh 一词在英格兰之于威尔士人，在德意志之于意大利人和法国人。

关于风光的描写，在诸如西班牙文学等其他欧洲文学中出现得较晚，可是在《贝奥武甫》中却很早就出现了。

有人说很难把《贝奥武甫》和《伊利亚特》放在一起比较，因为后者是著名史诗，广为诵读，保存完好，世代备受尊崇，而前者只给我们留下了一个版本，且是偶然得之。持这个观点的人，论证说《贝奥武甫》也许是盎格鲁–撒克逊众多史诗中的一首。乔治·圣茨伯里[1]不否认这些史诗存在的可能性，但是他也注意到，这些史诗很可能无法留存至今。

---

1 George Saintsbury（1845—1933），英国文学史专家、评论家。

《芬斯堡之战》片段

  按照语文学家的说法，和《贝奥武甫》同一时代的，还有《芬斯堡之战》的史诗片段，一共约五十行诗，讲述了丹麦公主希德尔贝的悲惨故事，她的丈夫是弗里斯兰国王，杀死了他的一个兄弟，因为后者杀死了他和公主的儿子。（这个故事的另一个片段曾经出现在《贝奥武甫》中，一个游吟诗人吟唱了这个故事。）

  天色已晚，客居在芬斯堡中的丹麦武士看到了一束神秘的亮光，这实际上是包围了他们的敌人手中的刀剑和盾牌反射出来的当天满月的月光。"屋檐没有起火，"国王如是说，他是个战场上的新手，"东方也没有亮光，没有龙朝这边飞来，连屋檐也没起火。"城堡有两扇大门，由丹麦人英勇地守护着，勇士在上战场之前先自报家门："我叫齐格弗里德，"他说，"我出身著名的冒险者世家塞克甘家族，我曾历尽沧桑。"战斗持续了整整五天："宝剑寒光凛凛，仿佛整座芬斯堡都在燃烧"。苍鹰、乌鸦、灰狼，这些日耳曼史诗中最鲜明的特色，在这个片段中都出现了。

这个片段的风格，比《贝奥武甫》更直接，更少修辞，似乎更加符合另一种传统，几个世纪之后，我们在著名的《莫尔顿之战》中再次见到了这种传统。

前基督教时期诗歌

据说最古老的诗歌叫作《威德西斯》（*Widsith*），诗歌的主要内容真实发生于公元七世纪，如果考虑诗歌中提到的米底亚人、波斯人和希伯来人的因素，这首诗歌也可以看做是公元十世纪前后创作的。Widsith 意为"漫长的道路"，也就是"遥远的路程"，也就意味着"旅行者"。诗歌的主人公是一名 scop[1]，是一名日耳曼的游吟诗人，或凯尔特族的诗人，诗中列数了他所踏足的土地和曾听过他吟唱并赐予他奖赏的国王。（后者是非常好的实例，可以激发听众慷慨解囊。）《威德西斯》一开头就罗列了许多王子的名字，说阿提拉统治匈奴人，厄尔曼纳里克率领哥特人，恺撒掌管希腊人，盎根特乌领导瑞典人，奥法管理盎格鲁人，阿来维统帅丹麦人。接着，诗人又说他曾和匈奴人、荣耀的哥特人、瑞典人、撒克逊人、罗马人、撒拉逊人以及希腊人有过交往，说他见到过"恺撒，执掌多个荣耀的城市和令人称羡的财物"，说他还交往过"苏格兰人、以色列人、亚述人、希伯来人、犹太人以及埃及人"，甚至还有米底亚人和波斯人。接着，他又吹嘘说，哥特国王，"那些居住在城邦中的老爷的头儿"，曾经赐给他一枚纯金戒指。最后，诗人总结道："咏唱者就这样四处奔走，像命运为他们安排的那样；他们吟唱着自己的需求，表达着自己的感激之情，无论天南海北，总能遇到知音；总有天赋异禀之人，希望自己的丰功伟绩能够得到宣扬，甚至传到四方勇士之中，直至生命尽头，荣光尽退。愿成就大业者威名远扬天下。"有人说《威德西斯》的作者并非单个的诗人，而是无数诗人的共同化身，是所有诗人的神化与象征。也许，最初的时候，的确是某个单独的吟唱诗人。那种将国王和民族名称轻而易举地扩展到百科全书似的体量使得这个形象最终

---

1 英文，古英文诗歌中的诗人。

演变成了一个集体的形象。scop 一词，来自动词 scieppan（给予形状，创造）。因此，从词源的角度来看，这个词和 poeta（诗人）是类似的，因为后者在古希腊语中就是"创造者"的意思。

哀　歌

　　至此，我们所研究的所有作品都源自日耳曼人。然而，所谓的盎格鲁-撒克逊哀歌，现在可以很明确地说，是英国的挽歌，无论从其孤独的感受，还是从其对大海的热爱，甚至从其流露出的某种悲伤的腔调来看，虽然我们会背上年代错乱的骂名，但是我们仍然可以确定它属于罗马人。

　　哀歌中最著名的，也许并非最受尊崇的，应该是那首《流浪者之歌》。诗歌开篇就说："孤独的人儿寻求上帝的怜悯，尽管他得双手在结了霜的大海上划行（用手作桨）很长一段时间，而且还要穿越茫茫沙漠。一切早已命中注定。"诗人还饱受从前美好回忆的折磨："马儿跑向了何方？骑手去了何处？财富持有者去了哪里？节日庆典之地可有迹可循？曾经的欢快节日今何在？唉，昔日熠熠闪光的奖杯！唉，身穿盔甲的勇士！唉，王子的荣耀！……昔日备受爱戴的勇士们的休憩之地，如今高墙耸立，高不见顶，上面插满了蛇一样的物件。橡木长矛一使劲儿，无数的人儿被带走。"

另一首哀歌《航海者》有两种解读方式。有人在这首诗中看到的是一位熟悉大海的男子与一个受到大海吸引的年轻人之间的对话。前者一再强调大海的危险，而后者则大谈海洋无人能挡的魅力。还有一些评论家则坚持认为这首诗中只有一个人物，是他在和自己对话。后一种推测在美学上更胜一筹，也让这首诗更显复杂，甚至还开启了一个延续千年的新传统，这种做法在斯温伯恩[1]、吉卜林和梅斯菲尔德[2]的作品中也曾出现过。其中的一些诗句令人印象深刻："他不喜欢竖琴，对权力戒指的分发不感兴趣，不喜欢亲近女性，也不愿感受世界的广袤；他只对那些高大而寒冷的海浪感兴趣。"还有："夏日的守护者（鸟儿）在鸣叫，宣示着胸膛中珍宝（灵魂或心灵）苦难的悲痛。"

1　Algernon Charles Swinburne（1837—1909），英国诗人、评论家。
2　John Masefield（1878—1917），英国诗人。

这首诗的开篇几行诗句，或许可以说，在中世纪第一次出现了个人的口吻，甚至预告了沃尔特·惠特曼的《自我之歌》："我赞美我自己，歌唱我自己。"整个作品弥漫着浪漫主义的气息，充满了对孤独、对瞬息万变的大海以及对严酷寒冬的各种描述。我们注意到诗歌中一个有趣的比喻："大雪从北方而来，冰粒噼里啪啦打在地上，那是最冷酷的种子。"

另一首著名的撒克逊哀歌叫做《废墟》。斯托福德·布鲁克[1]曾经很严肃地指出，撒克逊人很不愿意住进城邦。事实上，他们遗弃了英格兰土地上的罗马城邦，任其荒废，后来又创作哀歌来悼念这些遗址。这首诗曾多次提到温泉浴场，表明这首诗的灵感来自巴斯城。作者名早已佚失的诗中这样写道："石头砌成的城墙雄伟壮观；命运使其毁损，城堡早已千疮百孔；巨人的杰作早已化为废墟。屋顶陷落，高塔坍塌，门厅歪斜，墙壁冻结，破碎的屋顶散落一地，毫无用处，被时间掩埋。瓦砾散落在地，牢牢地堆压在坟墓上，早已追随

---

1 Stopford A. Brooke（1832—1916），爱尔兰诗人、教士、文学评论家。

修建者和主人而去；已经遗失了。时至今日，数以百代的人已经死去。这片断垣残壁上长满了灰色的苔藓，中间夹杂着红色的斑斑点点，历经各种风暴，在一个接一个的王国后幸存至今……城堡曾经光彩熠熠：城堡前水池纵横，无数的高塔耸立入云，吸引人群汇集至此，数不尽的厅堂中满是人类的欢声笑语，直到强有力的命运将这一切全都摧毁殆尽。围墙早已坍塌；恶臭扑鼻的日子最终变成了孤寂无依，城邦变为一片废墟。院子空空如也，红色的拱顶不时掉落瓦片……心怀喜悦、遍身黄金的人儿，用荣耀做装饰，用美酒和狂妄做武装，炫耀着自己的铠甲，凝望着宝藏、金银、宝石、财富、财产，以及辽阔王国中这座清晰的城堡。这里曾是石砌的庭院；水汽从这里宽阔的水流上蒸腾而起；高墙将这一切都围拢在胸前；中间炽热的就是那些浴场；那曾是多么的雄伟壮观啊……"

　　还有一些诗歌则具有魔术般的作用。有一首是为了驱除尖锐的疼痛而作的，仿佛疼痛只是扎入人体的一根刺或者一把迷你匕首。诗中提到了一些身强力壮的女子在投掷标枪；这些女子是女巫，是已经被基督教化了的奥丁的使女瓦尔基里[1]:"她们的声音回荡,是的,当她们骑行在大地上时,她们的吵嚷声四处回荡;当她们骑行在山峦间,则显得坚定不移。"当驱魔人吟诵完最后一句诗时,疼痛应该会离开人体,避入山林。有一首诗是献给侏儒的,后者被看作是一种突发性疾病的象征;还有一首诗必须在旅行出发前吟诵;另一首则是为了找到丢失的牲口;还有一首则是为了祈祷土地变得更加肥沃。这些诗作中插入了不少与基督教相关的内容,例如,我们可以读到:"愿马太成为我的女婿,马可成为我的护甲;愿路加化作我的剑,锋芒毕露,约翰成为我的盾,荣耀之至,是所有行者的守护天使。"同样,诗中还出现了异教神明的名字;还提到了沃丁(沃登)的名字,而这个名字在斯堪的纳维亚语中则被称作"奥丁"。

---

1 Valkyrie,北欧神话中奥丁的侍女之一,被派赴战场,选择有资格进入瓦尔哈拉殿堂的阵亡者。

《十字架之梦或之见》[*]

《十字架之梦或之见》一书，虽然不十分确定，却经常被认为出自琴涅武甫之手，这位作家的确经常在自己的作品中以一种非常奇特的方式，插入如尼文文字。诗作的最初几行被镌刻在著名的苏格兰鲁斯韦尔十字架上。诗人在寂静的午夜时分，在天空中见到了一个十字架，只见十字架披着法衣，缀满了黄金珠宝，之后突然溅上了鲜血，然后又再次缀满珠宝。最后，"最亮的那棵树"就像几个世纪之后但丁诗歌中的地狱之门那样，开口说话，讲述了它的故事。十字架唤起人们久远的记忆，指的是耶稣所经受的苦难。"一切发生在很久之前，我至今记忆犹新。人们把我从树林的边界上连根拔起，强大的敌人在那儿就将我据为己有。"十字架说它被竖在了各各他，一直以来都在乞求人们的原谅，因为它未倒在上帝的仇敌身上，上帝禁止它那么做。直到这时，诗人一直都在使用诸如"树、胜利之木、绞索、绞刑架"等字眼，但是，当十字架感到自己被"年轻的勇士，也就是无所不能的神"拥抱在怀的时候，我们第一次听到了"十字架"这个词："我被作为十字架竖立"。十字架对耶稣的苦难感同身受，它感受到了黢黑的钉子带来的疼痛，也感受到了流淌在木头上的人子之血。一如圣十字若望笔下的诗歌，这首非同寻常的诗歌中带有几分神秘和几分情色。从某种程度上来说，十字架如同基督的妻子，当它感受到基督的拥抱时，会忍不住颤抖。然后，圣徒就来了，他们被描绘成勇士，"黄昏中显得有些悲伤"。

日耳曼诗歌的传统基本就是史诗。无名诗人在创作《十字架之梦》中展现的原创性正是根植于这一传统，完美地诠释了基督教信仰最坚定、最富戏剧性的时刻。同时，我们也注意到把十字架比作耶稣苦难的奇思妙想。

＊ 常译作《十字架之梦》。

在中世纪，传统上经常将十字架与树木相提并论；十字架是耶稣，这第二位亚当，拯救人类之树，同作为亚当失乐园之缘由的知善恶树正好相对。

琴 涅 武 甫

　　在琴涅武甫的另一首诗《基督》中，我们找到了史诗传统在基督教中另一种方式的传承。那个充满嘲讽意味的铭文"犹太人之王"完全可以按照字面意思来解释：基督是一位国王；圣徒则是他的卫队。诗中按照《圣经·雅歌》第二章第八节的描述，大力赞扬了基督的六个突变。第一个突变是指从天堂到圣母腹中；第二个，是从圣母腹中到马厩；第三个，是来到十字架上；第四个，是从十字架到坟墓；第五个，是从坟墓到地狱，"在那里他被捆上了魔王用火焰铸成的脚镣"；第六个，上升到天堂，天使欢天喜地地"凝望着荣耀的主，伟大的万物之主，神情喜悦地回到了他的故土，回到了光芒四射的神明的家园"。琴涅武甫在这一段中，诗意地描绘了阿尔昆[1]的版本。

不少诗人（维吉尔、但丁、龙萨、塞万提斯、惠特曼、勃朗宁、卢贡内斯，以及波斯诗人）都曾在自己的诗作中加入过自己的名字，琴涅武甫这位大约生活在公元八世纪的盎格鲁-撒克逊诗人，在诗歌这种文学体裁中，几乎加入了侦探小说的元素。他在自己创作的《圣朱利安娜传》中加入了如尼文（这是一种在刀具、王冠、洞穴、手镯、墓碑石等铭文中不断延续的日耳曼文字，像希伯来语和阿拉伯语那样从右往左读）。这样一来，他的诗作就变成了一种离合诗：

悲伤在游弋

C，Y 和 N。国王，胜利的王，

满心愤怒，身上沾满了罪恶；

E，V 和 U 颤抖地等待着审判

他们自作自受。L 和 F，战栗，等待，

悲痛而焦虑。

1　Alcuin（732—804），盎格鲁-拉丁语诗人、教育家、教士。

如尼文的每个字母都代表着某个概念或事物。因此，字母 N 读作"尼德"（nead），意为"需要；死亡"；字母 U 读作"奥瓦"（our），意为"我们的"；字母 C 读作"吉恩"（keen），意为"勇敢的"。琴涅武甫在其他诗作中加入如尼文字母来表达上述这些单词的意思，一个字母一个字母地解释自己的名字。为了使琴涅武甫的这种做法显得不那么难以理解，我们应该注意到，长期以来，文字一直都很神圣，我们只需要回想一下喀巴拉哲学家，就能明白这一点。他们认为，上帝是通过字母表中的字母来创造这个世界的。

除了用散落在诗作中的如尼文字母作为自己的签名外，我们对琴涅武甫一无所知。人们猜测他是一名专业的游吟诗人，即所谓的 scop，多年饱经沧桑后进入修道院隐修。事实上，他的诗作让人猜到了他的归隐，但是，不少文学史家提供的他的生平，明显带有臆测的成分，因为我们从来不曾知道，琴涅武甫这个名字究竟指的是某位具体的诗人还是某个诗人群体。

开　德　蒙

开德蒙的名声，愿其永存，和艺术性无关。史诗《贝奥武甫》是无名氏创作的；开德蒙则不同，他是第一位盎格鲁-撒克逊诗人，因此，他的名字才得以在英语中保存下来。在《出埃及记》和《使徒行传》中，人物的命名法是基督派的，但是里面涉及的情感却依然轻柔。开德蒙是第一位具有基督精神的撒克逊诗人。为此，我们应该在此加上开德蒙的一个神奇故事，就是神父比德在其《传道书》第四卷中讲述的那个：

"在这位女院长（院长名叫惠特比的希尔达）主持下的修道院里，生活着一位高尚的兄弟，他经常创作带有慈悲色彩的宗教歌曲。他满怀柔情与激情，把自己从书写圣典的作者那里学到的关于诗歌的一切，都倾注在了诗化的语言之中。英格兰有很多人都模仿他的风格来创作宗教歌曲。这种创作方式他并非习自凡人或凡人的方式，他曾在这方面得到了圣助，而且，他的创作才能直接源自上帝。也正因如此，他从不写欺世盗名的歌曲，更不会写休闲娱乐的歌曲。这位老兄直到上了年纪，仍然不会写一句诗行。他经常参加各种节日聚会，只是为了去感受他人的欢乐。在节日欢庆会上，每个人都会随着竖琴的乐声轮流引吭高歌，每次当竖琴来到他跟前时，开德蒙总是满脸羞愧地站起身来，直接退场回家。有一次，他离开聚会直接去了马厩，因为那天晚上轮到他照看马匹。他睡着了，迷迷糊糊之间，他见到有人对他说：'开德蒙，唱点儿什么给我听吧。'开德蒙回答道：'我不会唱歌，所以我才离开聚会跑来睡觉啊。'说话人接着说：'开口唱吧！'这时，开德蒙说：'我能唱些什么呢？'回答是：'把万物的起源唱给我听吧。'于是，开德蒙就唱出了他这辈子从未听到过的诗句与词语，连起来就是这样：'现在我们称颂天堂的守护者，赞颂造物主的能力以及他心中的设想，赞美我们荣耀的圣父创作的杰作。正是他，永恒的上帝，创造了每一个奇迹。他首先造出了天空，为他在凡间的子孙提供保护的穹顶。然后，万能的主又造出了土地，为凡人提供立足之地。'他醒来之后，发现自己居然都还记得睡梦中吟唱的内容。于是，在这些内容之外，他又添加了能够配得上上帝的同样风格的诗句。"

比德提到，修道院女院长提议让宗教人士对开德蒙的这个新技能进行审核，一旦证明他的这种诗歌创作能力来自上帝垂赐，女院长便将其纳入他们的团体之中。开德蒙开始"吟诵世界的创造、人类的起源、以色列历史、出埃及记、来到应许之地、上帝的道成肉身、耶稣的苦难和复活，以及升天、圣灵降临和对使徒的教诲。他还唱到了对末日审判的惧怕、地狱的恐怖和天堂的幸福"。历史学家比德补充说，多年之后，开德蒙预见到了自己将要离世的时间，就躺着等待这一刻的到来。上帝，或者说上帝派来的天使，教会了他如何歌唱，开德蒙没什么可害怕的。

开德蒙梦中获得灵感一事早已饱受质疑。但是，我们在此还要提及史蒂文森的例子，他在一次大出血之后，在一次发着烧的睡梦中得到了《化身博士》的情节。史蒂文森一直想写一个一人分饰两角的故事，即有关人格分裂的故事。这个梦给他指明了方式。此外，诗人塞缪尔·柯勒律治的故事则更加离奇。诗人从那个为欢迎马可·波罗而下令修建宫殿的中国皇帝身上获得灵感，在睡梦中创作了那首著名的长诗《忽必烈汗》（一八一六年）。结果，宫殿的施工图纸居然是皇帝在睡梦中获得的。而一直以来，最后这个情况只记载在十四世纪初期波斯人撰写的世界历史中，且从未被翻译成任何西方文字，直到柯勒律治去世之后。

尊 者 比 德

尊者比德用拉丁语写作，但是盎格鲁-撒克逊文学史却无论如何不能忽略他的存在。尊者比德和阿尔弗雷德大帝是日耳曼英格兰的"双雄"。尊者比德的声名在整个欧洲大陆广为传颂。在四重天上，但丁在太阳中见到了比太阳更加光辉灿烂的十二个炽热的灵魂，他们在空中组成了一个光冕，其中之一便是史学家比德（《神曲·天堂篇》第十歌）。

莫里斯·德·武尔夫[1]认为，尊者比德（六七三—七三五）代表了七世纪爱尔兰修道院中的凯尔特文化。实际上，比德的老师多半是贾罗修道院的爱尔兰修士。

一些中世纪的书中曾提到比德长寿而以享天年，但实际上，他六十三岁就去世了，"尊者"这样一个结论性的名号，让人误以为他得享高寿。据说"尊者"这个名号，当时就是对所有教士的一种尊称。有个传说提到，当时有位修士想为比德撰写墓志铭，却连第一句诗行都无法写完：

Hac sunt in fossa Bedae ... ossa.[2]

无奈，他只得先去睡觉。醒来时他却发现，一只神秘的手——毫无疑问，是某位天使的手——趁着夜色在诗行的空白处加上了"venerabilis"[3]一词。

比德出生于英格兰北部贾罗的圣保罗修道院。五十六岁时，他曾写道："我在这个修道院度过了我的整个人生，毕生致力于研读《圣经》，恪守修道院的清规戒律，自觉完成每日吟诵的功课，我人生最大的乐趣便是学习、教授与写作。"

尊者比德为后世留下了一部格律学著作、一部基于普林

---

1 Maurice Marie Charles Joseph de Wulf（1867—1947），比利时历史学家、教授。
2 拉丁文，此处是……比德埋骨之处。
3 拉丁文，可尊敬的。和前文连在一起，整个句子就变成了：此处为尊者比德埋骨之处。

尼的作品写就的自然史、一部基督教时代的全球编年史、一部殉教者列传，贾罗修道院院长纪事，还有著名的五卷本《英吉利教会史》。他的这些作品都是用拉丁语写的，此外还有大量用讽喻手法撰写的《圣经》评注也都是用拉丁语写的。他还用拉丁语写了不少颂文和讽刺诗文，以及一本专门讲述正字法的书。比德当然也用盎格鲁-撒克逊语创作诗歌，据说当他躺在床上奄奄一息时，嘴里仍然嘟囔着几句诗行，抨击人类在智识上的虚荣心。他还通晓"哲罗姆作品所能教会他的"所有的希腊文与希伯来文。他的一位朋友撰文称赞他 doctus in nostris carminibus[1]，还能用本地语言创作诗歌。在他的《英吉利教会史》一书中，他记述了埃德温的皈依和开德蒙之梦，还记录了两则外来的奇闻逸事。

第一则是关于圣弗尔塞的故事，这位爱尔兰修士曾经规劝多名撒克逊人皈依基督教。弗尔塞看到了地狱：一片深不见底的火海。但是这火却没有灼伤他，天使向他解释说："不是你点燃的火不会灼烧你。"魔鬼控诉他偷了一位垂死的罪人

1　拉丁文，精通我们的诗歌。

身上的衣裳。在炼狱中，魔鬼向他投来一束火焰。这束火焰烧伤了他的脸庞和肩膀。天使说："这会儿你自己点燃的火就会灼伤你。在凡间，你曾夺去这位罪人身上的衣裳。现在，他的报复来了。"直到去世，弗尔塞下巴和肩膀上的疤痕历历在目。

第二则是关于一个名叫德瑞塞尔姆的男子，他来自诺森布里亚。此人死后又复生，复活之后，他说（在他将自己所有的财产都散给了穷人之后），一个脸上光芒四射的男子带领他穿过了一处长长的峡谷，峡谷的左侧电闪雷鸣，漫天火光；而右侧则风雪交加，冰天雪地。"你还没进入地狱。"天使对他如是说。随后，他看到无数黑色的火球从深渊里升起，接着又落下。接着，他看到牛鬼蛇神忙着把教士、凡人和女子的灵魂拖向深渊，一边又冲他咧嘴而笑。然后，他看到一堵高墙，不知有多高，亦不知有多长。接着，他又看到了一大片高原，鲜花如海，高原上聚集了一大群白衣人士。"你还没进入天堂。"天使如是说。当德瑞塞尔姆从峡谷往下走的时候，他穿过了一个伸手不见五指的黑暗区域，只能看到前面引路的天使身上白衣飘飘。在提及这个场景的时候，比德在书中，引用了《埃涅阿斯纪》第六卷中的一行诗：

(Ibant obscuri) sola sub nocte per umbram[1]

诗行中的一个小小谬误（比德没用 umbram，而是写成了 umbras）说明比德是凭借自己的记忆写下的诗行，这也正好说明了比德这位撒克逊历史学家对维吉尔是多么的熟悉。比德的文字中，维吉尔的影响随处可见。比德还在一个故事中提到了一名男子，天使曾给他看一本迷你的白色小书，书上记载着他的善行——少得可怜，魔鬼给他看了一本可怕的黑色大书，"书的尺寸超大，而且重得几乎拿不住"，书上写满了他的罪行，以及他的邪念。

我们列举了《英吉利教会史》中几则有趣的小故事，但是就整体而言，这部书给人的感觉严肃而明智。怪诞不经似乎只是那个时代的产物，而并非个人风格。

"比德几乎所有的作品，"斯托福德·布鲁克表示，"都是

---

1 拉丁文，他们穿过阴影，幽暗地走在孤零零的夜晚。

对他人作品的概述，极为博学，尽管原创性极少，但是他的文字却传递出一种饱满的坦率与顺从。"比德的作品是约克派最具代表性的文字，吸引了不少来自法国、德国、意大利和爱尔兰的学习者。

比德在病入膏肓之际，仍然坚持把《约翰福音》翻译成盎格鲁-撒克逊语。记录者对他说："还差一章。"比德就将这一章内容口述于他。记录者接着又说："就差一行了，不过您已经很累了。"比德把这一行口述于他。记录者说："这些都完成了。""对，都结束了。"比德说，之后不久他就去世了。说他是翻译而死，也就是说，他当时正在进行文学工作中最朴实无华、最忘我无私的那项工作，将希腊语，抑或拉丁语，翻译成撒克逊语，而后者随着时间的流逝，已然变成了世界上传播最广的英语，每念及此事，令人肃然起敬。

《布伦纳堡之战》

　　这首诗是为纪念西撒克逊人的伟大胜利而作。这是国王埃塞尔斯坦及其兄弟埃德蒙于公元九三七年，指挥丹麦人、苏格兰人和威尔士人的联军取得的伟大胜利。爱尔兰的丹麦人国王奥拉夫发动了侵略英格兰的战争，他微服来到撒克逊人的营地，在竖琴的伴奏下，为国王及其宾客引吭高歌。国王赏赐了他几个硬币。奥拉夫不想接受这位自己希冀摧毁的男子的赏赐，就把硬币埋入地下。这一举动被一位之前曾经服侍过他的士兵发现了，士兵也认出了他的身份。奥拉夫回到自己军中，士兵向国王告发了这位吟唱者的真实身份。"你为什么不早说？"埃塞尔斯坦问道。士兵答道："如果我告发了之前的主人，您，我现在的主人，还会相信我吗？"

埃塞尔斯坦奖励了士兵，并调换了军队的部署。第二天，双方正式开战，此一役"从声名赫赫的行星、上帝光彩熠熠的烛台，即太阳，一早自东方升起，一直持续到这位世人的宠儿在田野背后落下，宣告落山为止"。奥拉夫宣告失败，只身逃到了战舰之上，"五位年轻的国王因此役而臣服于刀剑之梦"。

丁尼生将《布伦纳堡之战》带入英语之中，虽然这时的英语几乎是一种纯粹的日耳曼英语。丁尼生的版本非常经典，我们在此摘录几行，诗行中依然保留着原诗的活力与略显夸张的押头韵，令人佩服：

All the field with blood of the fighters

Flowed, from when first the great

Sun's-star of morning-tide,

Lamp of the Lord God

Lord everlasting

Glode over earth till the glorius creature

Sunk to his setting.

There lay many a man,

Marr'd by the javelin,

Men of the Northland,

Shot over shield.

There was the Scotsman

Weary of war.[1]

　　第三行中的 tide 一词，具有浓郁的时代风格，但是"眩晕"一词的意义或隐喻则让诗歌热情洋溢……在《布伦纳堡

1　所有土地都沾染了战士的热血
　　从清晨，伟大的太阳升起
　　之初，开始流动，
　　上帝之光
　　永恒之主
　　倘徉大地直至
　　荣耀的造物沉入既定的结局。

　　那里躺着众多
　　被标枪刺伤的男子
　　北地的男子啊，
　　死于盾牌之上。
　　那就是
　　厌战的苏格兰人。

之战》中，战争是长矛间的交流，是刀枪间的交锋，是旗帜间的交错，是男子间的交道，太阳是"上帝光彩熠熠的烛台"，是 Godes Condel beorht。蛮族人对这些比喻津津乐道，他们却不知道，在公元十世纪，这些譬喻已经非常普及了。

诗中蕴含着一种强烈的欢乐。诗人并没有将胜利归功于上帝，而认为是国王刀枪的功劳。最后几行诗告诉我们，自从盎格鲁人和撒克逊人到来之后，英格兰从未发生过如此规模的战争，"战争中勇猛的铁匠，横越宽阔的大海，前去寻找不列颠人"。诗中的文字显然带着对历史的有趣记忆，提到了公元五世纪日耳曼人对英格兰最早的几次入侵。

斯堪的纳维亚文学中另一部著名作品，则受到了《布伦纳堡之战》的影响，由冰岛探险家、吟唱诗人埃吉尔·斯卡德拉格里姆松创作而成。此人曾为撒克逊人的军队效力，曾在一首赞歌中庆祝布伦纳堡之战的胜利。同样在这首赞歌中，他还加入了为战争中死于自己身旁的兄弟而写的一首挽歌。

《莫尔顿之战》

　　英格兰北部的一块石碑上，拙朴地展现了一群诺森布里亚武士的身影。其中一人挥舞着一把破损的剑，所有人都扔掉了手中的盾牌，他们的领主已经战死，他们则冲上去送死，因为荣誉要求他们舍身前去陪伴君主。《莫尔顿之战》为我们保留了类似的记忆。这是一部残稿：前来侵犯的挪威人要求撒克逊人缴纳赋税，撒克逊人的首领指挥着一支临时组建的军队，回答说用他们古老的宝剑来缴税。一条大河将两支军队分隔两地，撒克逊人的首领同意维京人渡河，这些"来自舰船上的人下到陆地上，双手高举盾牌"。一场艰苦卓绝的战斗打响了。"屠杀之狼"，维京人，狠狠地攻击了撒克逊人。撒克逊人的首领受伤严重，临终前他真诚地感谢上帝让他在世间享受到了那么多的乐趣。他被杀死了，他手下的一位老人说："我们的力量越弱，我们心中的斗志就越昂扬。我亲爱的主人，他何等英勇，却粉身碎骨，埋骨于此，将化作尘土。若有谁想从战场上扬长而去，那他必将悔恨终生。我已经老迈，我将长眠于此。紧挨着我的主人，我多么敬爱的主人。"一个名叫戈德里克的撒克逊人，早已骑着主人的战马，胆小地逃离了战场。残稿结束时提到了另一位戈德里克的死，此人"并非之前逃跑的胆小鬼"。

《莫尔顿之战》和后来的斯堪的纳维亚萨迦一样，文本中充满了各种与历史相关的细枝末节。诗一开头就提到一位年轻人，他出门打猎，听到首领的召唤，"任由心爱的鹰隼从手中飞向森林，转身奔赴战场"。尽管诗中充满了史诗的坚硬，但是那一句"心爱的鹰隼"却让我们分外感动。

诗中的荷马风格得到了恰如其分的赞扬。勒古伊[1]将这首诗与《罗兰之歌》相提并论，并且指出，《莫尔顿之战》保留了历史真实的严肃，而《罗兰之歌》却更多地表现出传说的特点。在撒克逊的诗歌中，从来没有大天使的形象，但勇气却经常在失败中绽放。

1　Emile Legouis（1861—1937），法国作家、翻译家、学者。

基督教诗歌

公元七世纪，在来自爱尔兰与罗马的传教士的努力下，英格兰逐步皈依了基督教。英国传教士随后来到德国传播福音，但是，我们应该注意的是，皈依基督教最初并不是用一个神灵替代另一个神灵，也不是用一个形象替换另一个形象，而不过是增加了一个名字、一种声音而已。最初并没有多少伦理上的变化。《尼亚尔萨迦》中，撒克逊传教士桑布兰德高唱弥撒，而霍尔则问他为谁而举行节日庆典。桑布兰德回答说是为了赞美大天使米迦勒，还说，这位天使能让自己喜欢的凡人的善举在天平上称出比恶行更重的分量。霍尔表示很愿意和这位天使交朋友。桑布兰德解释说，如果他能够当天就开始信奉耶稣，那么，这位米迦勒大天使就会成为他的守护天使。霍尔同意了，桑布兰德为他施洗，接着，和他一起，为他所有的手下和家人都一一施洗。尊者比德在《英吉利教会史》一书中记录了诺森布里亚人的国王埃德温皈依基督教的故事。七世纪初，博尼费斯，这位自称为"上帝奴仆的奴仆"的教皇，给王后寄去了一封声情并茂的信、一面银镜和一把象牙梳子。之后又向国王派去一名传教士，去教国王如何信奉新的信仰。埃德温找来国中的肱骨大臣，向他们讨教。第一个说话的就是信奉异教的大祭司科菲。这位贵人说："陛下，您的下属中，要说尽心侍奉我们的神灵，我想没有人比我更勤勉，但是，还是有不少人您更加偏爱，他们也因此更加事业有成。如果说神灵能够给我们带来什么帮助的话，他们应该惠及我，毕竟一直以来我都在尽心侍奉他们。因此，如果这些新的信仰能够更有效的话，我们当然应该毫不犹豫地接受。"另一位大臣说："人和燕子一样，如果在一个风雪交加的夜晚，一只燕子飞进了这个温暖明亮的大厅，那它肯定会在这里住上一晚又一晚。也就是说，人能看清一时，却不知道过去曾经发生过什么，也不知道将来会发生什么。如果这个新的信仰能够教会我们一些东西，那么，我们应该听一听。"所有人都赞同这两位大臣的话，科菲又恳求国王赐予他马匹和武器。当时，禁止祭司使用武器，只允许他们骑母马出行。科菲手持长矛，纵马闯入传统神灵的圣殿。他亵渎了神灵，将长矛扎在偶像身上，放火烧毁了神庙。"就这样，"比德写道，"大祭司受到上帝真神的指引，亵渎了自己一直以来信奉的神灵，烧毁了神灵的形象。"我们有理由相信比德误解了这个充满戏剧意味的事件。科菲在皈依基督教之前及之后，一直是那个遇事爱冲动的野蛮人，或者说，一直是那个冷静计算得失的人。

在英格兰创作的最初几部基督教诗歌——《创世记》《出埃及记》《基督与撒旦》《但以理》《使徒的命运》——中，道德变化并不明显。诗人将日耳曼神话转变成了希伯来神话，但是，神话中的世界，虽然多了一些特殊的名字，却一成不变。使徒其实就是日耳曼武士，大海则依旧是北方的海洋，而逃离埃及的以色列人实际上是维京人。诗歌的文字中充满了对战争场面的各种描述。在《圣经》的释读性文字中，依然保留了许多古老的譬喻：大海是鲸鱼之路；长矛是战争的毒蛇。这些诗歌节奏缓慢，词语堆砌，这种缓慢的节奏备受推崇。他们不说"天色已晚"，而说"高贵的光辉找到了自己的结局，迷雾与黑暗笼罩了整个世界，夜晚遮蔽了整个田野"。

《提奥的哀歌》

　　提奥是这首哀歌的主人公，而并非某些人认为的那样，是哀歌的作者。提奥是波美拉尼亚某个小国宫廷中的游吟诗人，诗人眼看着就要被对手取代了，所以求助于他的主人和国家。哀歌颇具戏剧性地表现了诗人的感受。诗人列举了历史上和传说中的各种不幸，每一段最后都加上一段副歌：

　　　　这类事情过去常有，将来也不会少见。

　　押头韵这种修辞方式会减弱韵律的听觉效果，也不利于记忆，不适合诗句的创作。这首诗中，副歌起到了划分诗段的作用。每个诗段的诗行数量不等。

提奥第一个吟唱的，是铁匠维兰德的不幸结局。维兰德是一位著名的铸剑师，斯堪的纳维亚的诗人也曾吟诵过他的故事。对于一把剑来说，最高的赞誉就是"维兰德出品"。传说还在英格兰保留了此人的名字：有一块叫做"维兰德铁匠铺"的石头，如果某人把马拴在这块石头上，再留下一枚硬币，回头就会发现马儿被钉上了马掌。吉卜林在《普克山的帕克》一书中，把维兰德的传说改编成了一个感人的故事，说在被基督教取代之前，维兰德是专司打铁的古老神灵。

另一个诗段中写道："我们听到了厄尔曼纳里克的狼子野心。他一直统治着哥特人广袤的国土，他是个暴君。由于多年来一直饱受苦难和不幸，很多人都希望他的统治早点垮台。这类事情过去常有，将来也不会少见。"

还有一段诗提到了一位国王的故事："令人感伤的爱情让他无法入眠"。这行温情脉脉的诗句大概是整个撒克逊诗歌中唯一一个例外。

最后六段诗行拖沓冗长，只讲述了诗人自己的故事。

谜　语　诗

　　《埃克塞特抄本》收录了九十五首谜语诗。亚里士多德在《修辞学》的第三册中承认了谜语给人带来的快乐，说谜语同样可以意味深长，寓意深刻。中世纪时，谜语是一种文学体裁，所有人都能准确地体会谜语中蕴含的比喻和隐喻。《埃克塞特抄本》中的九十五首谜语诗不够整齐划一，甚至缺少诗歌的灵气。其中个别特别含混的，甚至连答案都不曾给出。下面这首，第八十五首，描绘的是河与鱼：

　　"我的住所并非寂静无声，尽管我从不制造噪音。上帝让我们相依相偎。我比我所居之地移动得更快，甚至有时候我比它更强壮，但是它比我更敬业。我有时会偷懒休息一会儿，但它却从不停歇。只要我活着，必定居于其中。如若有人将我们分开，等待我的就是死亡。"

接下来，编号为八十六的那首谜语诗，其谜底是一个卖蒜的独眼龙：

"一个人来到智者聚集之地。他有一只眼睛、两只耳朵、两只脚、一千二百个头，有肚子和后背，还有两只手、两条胳膊、两个肩膀、一个脖子和两肋。猜猜我是谁。"

其中最有名的当属编号为八号的关于天鹅的那首谜语诗：

"当我行走在大地之上、苍穹之下或拨动深处的水流时，我的外套寂静无声。有时，我的装饰物和高处的风将我带到英雄居住的屋顶之上，云朵的力量将我带到人们头顶上遥远的地方。我的装饰叮当作响，发出悦耳的声响。当我远离水流和大地，高高地飞翔其上时，它们的声音变得格外清脆。我是一个四处游荡的灵魂。"

有个有趣的谜语，第四十八号，是关于毛毡夜蛾幼虫的：

"一条蠕虫偷吃单词。我似乎听到了一件妙事：一条蠕虫，黑暗中的小偷儿，吞下了某人的名曲和它坚实的基础。这位悄悄的不速之客，虽然吞吃了那么多单词，却啥都没有学会。"

第四十九首谜语诗的主题却是圣杯：

"我听说有个圆环能够向英雄通报消息，虽然它没有舌头，也不会发号施令。金色的圆环沉默不语地替民众说话：'救救我这心灵的慰藉吧。'但愿民众能够听懂红金的神秘语言，能够明白它的神奇话语。但愿智者能够向上帝举荐它的虔诚，正如圆环所说。"

下面这首谜语诗，编号二十九，则用诗一般的语言描写了月亮和太阳：

"我看到一个神奇的存在，一艘空中战舰，披挂着战争中的战利品。我想在城堡中造一个房间。于是，从众山之巅下来了一个神灵（大地上所有的居住者都知道他是谁），他取下战利品，随手一扔，向西而去。空中升腾起尘土，大地上降下雨露，黑夜散去。谁也不知道神灵去向何方。"

评论者通常认为，谜语诗中的战利品指的应该是光。

《动物寓言集》

　　十七世纪初叶，托马斯·布朗爵士会写下这样的句子："自然是上帝的杰作。"这种认为世上存在两部"圣作"——自然与《圣经》——的概念，在文艺复兴时期非常普遍。毫无疑问，这一观念为人们在各种生物身上寻找道德教育的习惯奠定了基础。早在中世纪，就有不少关于动物学的书，拉丁文称之为 Physiologi。盎格鲁-撒克逊语是第一个出现 *Physiologus*，即《动物寓言集》的世俗语言。该书每一章节都被分为两部分：第一部分描写一种动物；第二部分则是动物所代表的隐喻。在盎格鲁-撒克逊语的这本《动物寓言集》中，豹子，一种温柔、优雅而气味芬芳的动物，是耶稣基督的象征。为了减少这种反常认知带给我们的恐惧感，我们在此提醒大家，在撒克逊人眼中，豹子并非一种猛兽，而只是一个充满异域风格的词语，因此，这个词汇无疑不会与某个具体形象产生关联。另外，出于好奇，我们还要补充的是，托·斯·艾略特曾经在一首诗作中提到过 Christ the tiger，即"基督虎"的名字。

然而，鲸鱼却被视为魔鬼与邪恶的象征。水手经常把鲸鱼误认为海中的某个岛屿，他们下船上岛，在岛上生火做饭。突然之间，鲸鱼，这位海洋之客、水之恶魔，毫无征兆地沉入水中，那些轻信鲁莽的水手一时间溺水身亡。这个故事也曾出现在《一千零一夜》、圣布伦丹的凯尔特人传说和弥尔顿的作品中。在赫尔曼·梅尔维尔那里，这个故事就变成了《白鲸》，这与《动物寓言集》的无名作者看法一致，因为在这一部书中，鲸鱼被称为 Fastitocalon。

《凤凰》

　　这首盎格鲁-撒克逊诗作被认为是拉丁语诗歌《凤凰之诗》的诗体意译作品。塔西佗和普林尼也提到凤凰，说这是一种生活在阿拉伯沙漠中的鸟儿，在圣城赫利奥波利斯，凤凰周期性地死于火中，为的是从灰烬中重生。拉丁语的诗歌中充满了各种自相矛盾的句子，例如，诗中提到，对凤凰而言，死亡就像维纳斯一样，只有在死亡中，凤凰才能找到快乐；说凤凰为了求生而渴死；说凤凰是它自己的父亲，更是自己的子孙。撒克逊的诗作去除或减轻了这些矛盾的尖锐。该诗的结尾部分由两种语言混杂而成，前半部用撒克逊语，而后半部，则用拉丁语：

...and him lof singam laude perenne,

eadge mid englum, allelluia.[1]

1　用无穷无尽的赞美之词为他歌唱，／愿天使保佑它。哈利路亚。——原注

所罗门与萨图恩

所罗门与萨图恩的对话可以追溯到公元九世纪。对话是片段的。所罗门代表基督教的智慧；萨图恩，则代表高贵人士的无知。中世纪文学中此类对话很常见。随着时间的流逝，萨图恩的形象逐渐演变成一个外表丑陋、满嘴粗话的俗人，通常叫作马库尔或马库尔弗。此人即桑丘·潘沙的先辈，格鲁萨克在谈及《堂吉诃德》时，曾观察到："陪伴在骑士身边那个爱开玩笑、满嘴俗语的粗鄙之人，这个形象在文学中并非新创：在中世纪的民间传说中，智者所罗门身边总是站着一名学生马库尔，负责找出前者至高无上的箴言中充满讽刺意味的部分。"

二人之间的第一则对话是关于智识的。萨图恩问："能够战胜星星、石头、各种宝石、各类猛兽，甚至战胜一切，并且快速奔跑于大地之上的神奇之物究竟是什么？"所罗门回答说那是时间，是时间"用铁锈吞噬了铁器，同时也吞噬了我们"。

第二则对话却非常奇怪。在萨图恩的再三请求下，所罗门解释了天主的能力。他说，天主名字（Padrenuestro）中的每一个字母都蕴含着一种独特的能力。例如，字母 P 代表一个手持黄金长矛的武士，战胜了正在鞭打字母 A 和 T 的魔鬼。一个散文片段描写了天主与魔鬼较量的方式，还描绘了天主的脑袋、肚肠和身体。学者约翰·厄尔推崇备至的一个段落如此写道："天主的思想比一万两千个圣灵还要轻盈，每个圣灵身披十二件羽毛披风，每件披风拥有十二阵风，每阵风都能吹来十二种胜利。"

下面，我们翻译了某个教义问答手册中的一小段文字，现在读来，感觉像诗一般神奇。

这里讲述了所罗门与萨图恩之间的智慧较量。萨图恩问所罗门：

"告诉我，开天辟地的时候上帝在哪儿？"

"我告诉你，上帝站在风之翼上。"

"告诉我，上帝说的第一句话是什么？"

"我告诉你，是 Fiat lux et facta lux[1]。"

"告诉我，为什么天空会叫作天空？"

"我告诉你，因为天空把下面的一切都蒙了起来。[2]"

"告诉我，上帝是什么？"

"我告诉你，上帝是掌管万物的人。"

"告诉我，上帝用了多少天创造世间万物？"

"我告诉你，上帝用了六天创造了世上的万物。第一天，他创造了光；第二天，创造了守护天空的生灵；第三天，海洋和陆地；第四天，天上的繁星；第五天，鱼儿和鸟儿；第六天，野兽和牲畜，还有亚当，第一个人类。"

"告诉我，亚当的名字是怎么来的？"

1　拉丁文，神说："要有光"，就有了光。
2　这里的"天空"用的是"cielo"，而"遮挡"一词，用的是"celar"；cielo 和 celar 源自同一个词根。

"我告诉你,亚当的名字来自四个星星。"

"告诉我,这四个星星都叫什么?"

"我告诉你,这四个星星分别是:阿托克斯(Arthox)、杜克斯(Dux)、阿罗托莱姆(Arotholem)和明辛布里(Minsymbrie)[1]。"

"告诉我,亚当,第一个人类,是用什么材料做的?"

"我告诉你,他是用八磅材料做的。"

"告诉我,到底是哪些材料?"

"我告诉你,第一是一磅尘埃,做成了亚当的肉体;第二是一磅火焰,所以血液才是鲜红而温热的;第三是一磅清风,于是亚当就有了呼吸;第四是一磅云彩,亚当的灵魂因此而轻盈;第五是一磅智慧,于是亚当就有了头脑和思想;第六是一磅花朵,所以眼睛才会有那么丰富的颜色;第七是一磅露珠,汗水由此而来;第八是一磅咸盐,因此眼泪才是咸的。"

"告诉我,亚当被创造出来时,时年几岁?"

---

1 亚当的名字是 Adam,由这四个星星名字的首字母组成。

"我告诉你，亚当时年三十四岁。"

"告诉我，亚当身量如何？"

"我告诉你，亚当身高一百一十六英寸。"

"告诉我，亚当在这个人世间究竟度过了几个春秋？"

"我告诉你，亚当在世上度过了九百又三十个春秋，他终生劳作，饱受困苦，之后，他去了地狱，受着残酷的惩罚又苟活了五千二百又二十八个春秋。"

《盎格鲁-撒克逊编年史》

纵观文学史，散文艺术总是晚于诗歌。这大概是因为无尽地重复同一种形式，如六韵步诗或八音节诗，来反复创作总是比开始没有固定形式的创作要容易得多。而且——这大概是最主要的——诗歌的韵律有助于记忆。所以，盎格鲁-撒克逊人的诗歌文学远比其初具雏形的散文文学更加复杂多变。他们的散文多半是对奥罗修斯和波爱修斯作品的改写，而这种改写则是由阿尔弗雷德大帝主持的，最后被收录在《盎格鲁-撒克逊编年史》之中。该编年史是一辈接一辈的教士集体创作的佚名作品。《编年史》创作于公元九至十二世纪，从起源开始，记录了英格兰的历史。斯涅尔赞誉这部编年史是"一座各代书写者用爱国主义树立的丰碑，每一位书写者将英格兰过去的记忆加入其中，就算死去时被人遗忘，也在所不惜，并且将此视为极高的荣誉"。如果我们认为，一年中发生的事情最多只能占据两页篇幅的话，那么按照普遍法则，短短几行字中记录者的努力会让我们的感动也大打折扣。《编年史》一直延续到公元一一五四年，此时距离诺曼人征服英格兰已经过去了将近一个世纪。《编年史》的记录就这样突然中断了，留下了一句没有结束的话："国王曾停留在索尼、斯伯丁和……"

《编年史》逐年记录了发生在英格兰及其周边国家的历史。在公元九九三年的记录中，我们读到："国王下令，让人烧伤埃尔弗里克之子埃尔夫加的眼睛"，在紧接着的章节中，"丹麦人翻身上马，带走了所有能够带走的东西，犯下的滔天罪行罄竹难书"，在翻过来的一页上，我们看到了公元九九五年的这则记录："这一年，彗星划过天际"。

在对应公元一〇一二年的章节中，讲述了一位红衣主教去世的故事，"人们从南方给他带来了好酒，只见他喝得酩酊大醉，倒在士兵怀里。士兵用牛角和牛骨抵住他，其中一人用铁块砸向他的脑袋，主教大人神圣的鲜血流了一地，他的灵魂飘向上帝"。关于琴涅武甫去世的记述也充满了戏剧性，这位国王在情妇家中欢度良宵的时候被敌人团团包围。国王从爱情走向战斗，又从战斗走向死亡。

在公元七七四年的记录中，我们读到："太阳落山之后，天空中出现了一个火十字，麦西亚郡和肯特郡的人聚集在奥特福德厮杀，此时，在南方的撒克逊人的土地上，出现了象征着神迹的圣蛇。"

安德鲁·兰[1] 注意到，《编年史》最初的章节像是孩子写的日记。这些撒克逊人对于来自诺曼底并且征服了他们的威廉一世的评价的确有失公允。《编年史》结尾如是说："我们所记录的这些事情，或善良，或邪恶，我们希望人们能够避恶扬善，走上一条指引我们走向天国的道路。"

我们前文中提到过的《布伦纳堡之战》，被这部《编年史》全文收录。

1　Andrew Lang（1844—1912），英国文学家、历史学家、诗人。

《坟墓》

公元一〇六六年，英格兰最后一位撒克逊国王哈罗德，在著名的斯坦福桥战役中击败了挪威人，之后又被斯堪的纳维亚半岛的其他民族打败，特别是被深受法国文化影响、操法语的诺曼人打败。至此，将近六个世纪之后，撒克逊人终于结束了在英格兰的统治。英格兰的语言，在饱受丹麦影响而"杂种化"之后，开始同上层社会的法语混杂，最终生成了一种全新的英语，是乔叟和兰格伦即将在十四世纪骄傲无比地使用的英语。盎格鲁-撒克逊语被"流放"，成为了一种粗鄙的方言，但即便如此，盎格鲁-撒克逊语在即将消亡之前，成就了令人怀念的诗歌《坟墓》。诗中没有任何基督教的成分；诗中讲述的，不是灵魂，而是肉体在地下的解体。

"对你而言，房子早已建好，早在你出生之前。对你而言，土地早已注定，早在你出娘胎之前。只是人们还没有建造。荣誉让他们忽略了。谁也不知道还需要多久。现在，让我带你去到你的地方。现在，让我先量一量你，再量一量土地。你的房子不高。它低矮而卑微。当你在那里躺下之后，房梁是低矮的，四壁是卑微的。房顶就在你胸口的上方。那时，你将入驻尘土，你将感受寒冷。一切都漆黑无光，一切都影影绰绰，洞穴将会腐烂。这幢房子没有门，里面也没有光。你肯定会被关押在其中，钥匙在死神手中。这房子令人生厌，入住也很残忍。那里，你将了此余生，蠕虫将把你化整为零。那里，你将远离亲友，静静安躺。没有任何亲友会跑去看你，去问你是否喜欢这幢房子。谁也无法打开房门。谁也不会下到那个地方，因为很快，你就会变得惨不忍睹。你的头发会从脑袋上脱落，你发梢间的俏丽也会随之消失殆尽。"

整首诗只有一个比喻——我们甚至可以说只提到了一个公共观点，即坟墓就是人类最后的居所，但是这个概念如此强烈，以至于撒克逊人这首最后的挽歌像经典之作那样令人感动。

朗费罗逐字逐句地翻译了这首《坟墓》。

莱亚门，最后一位撒克逊诗人

公元十三世纪初，英格兰的日耳曼诗歌因为一名英国教士莱亚门，突然令人惊异地重返文坛。莱亚门创作了《布鲁特》，一共有三千行不押韵的诗行，讲述了不列颠人的战争，特别赞颂了圆桌骑士亚瑟王，"曾经的国王，永远的国王"，对抗皮克特人、挪威人和撒克逊人的事迹。诗的开场白以第三人称的口吻祈祷："王国中有一位名叫莱亚门的教士；雷欧佛纳斯之子，上帝赐其荣耀，曾居住在厄恩利，塞文河边的一座尊贵的教堂之中，那可是宜居之地。他惦记着如何谈及英格兰人的丰功伟绩，惦记着他们叫什么名字、从何而来，惦记着哪些人在大洪水之后如何来到这片英格兰的土地。莱亚门遍游整个王国，找到了那些珍贵的书籍，以做范本。英语书中他选取了尊者比德的书，拉丁语书中他选取了圣奥尔本斯与圣奥古斯丁的书，后者为我们带来了洗礼；此外，他还选取了第三本书，并把它放在上述两本书的中间，是一位名叫威斯的法国修士的书，此人精通文字，曾将自己的书献于上恩里克地区的莱昂诺尔女王。莱亚门将三本书依次打开，来回翻动书页。他饱含深情地看着这三本书——愿上帝赐予他仁慈！——指间夹着羽毛笔，字斟句酌地在羊皮纸上落笔，将三本书合而为一。现在，莱亚门祈祷，希望能够得到万能的主的眷顾，让人们可以看到这些文字，学到书中蕴藏的真理，为曾经孕育了他的父亲祈祷，也为生育了他的母亲的灵魂祈祷，更为他的灵魂祈祷，使其保持良善。阿门。"

有趣的是，在莱亚门这位使用撒克逊语创作的最后一位英格兰诗人看来，那些被亚瑟王下令斩首的凯尔特人居然是真正的英格兰人，而撒克逊人却是令人讨厌的敌人。《贝奥武甫》和《莫尔顿之战》的好战精神在这位教士的诗歌中，以一种令人惊讶的方式再次重生。

这位枯坐于书房之中的教士偏偏喜欢用激烈的词语进行创作。威斯曾写："那时候不列颠人判处了帕森特和爱尔兰国王死刑"，莱亚门对此进行了扩充："好人尤瑟如是说：'帕森特，你就留在此地吧，尤瑟会骑马而来！'说着就冲着他的脑袋给了他一拳，将他打倒在地，用剑刺入他嘴中（这种食物对他来说无疑从未品尝过），剑尖将其钉到地上。尤瑟于是就说：'爱尔兰人，这下你合适了。整个英格兰都是你的了。我把英格兰送到你手上，你就可以留下来和我们在一起了。看，英格兰就在这里；现在，你永远地得到了她。'"

结　　语

　　和《航海者》《莫尔顿之战》以及《十字架之梦或之见》这些无疑具有较高价值的文本一起，我们还读到了不少直接译自《圣经》片段的冗长译本。这种不一致主要源自这些神圣材料多灾多难的特性。这些创作于五百多年前的文字中保存至今的只藏于四部抄本之中。其中有《韦尔切利抄本》，其名字来源于意大利北部的某个修道院，几位盎格鲁-撒克逊修士在前往罗马的途中将其遗忘在修道院里，对我们而言，何其幸哉。

德 意 志 文 学

关于古代的日耳曼人，我们的资料中最古老最著名的，就是塔西佗的《日耳曼尼亚志》。有关这本书的评论，甚至可以装满多个图书馆了。有人把这本书看作某种民族学的《圣经》，还有人认为这是一种乌托邦，是对一个野蛮民族的理想化想象，其创作意图就是为了突出罗马的腐败堕落。吉本盛赞塔西佗忠实的观察和他孜孜不倦的追问，而蒙森[1]则认为，《日耳曼尼亚志》不过是一部写得比较花哨的新闻作品。在这两个极端的见解面前，更为理性的态度应当是尽力去理解塔西佗这位历史学家的多种创作目的。塔西佗希望在书中记录生活在多瑙河和莱茵河畔的日耳曼人的风俗习惯、思想见解，同时也希望借此书表明他认为罗马已经道德沦丧的坚定观点。

塔西佗本人就极为复杂，他坚信人类在智识方面的进步（他讨厌古代的讲演者，认为他们远不如现代人），同时也承认人类在道德方面的倒退。

尽管如此，塔西佗见解的出发点是他永远是一位罗马公民。当他为了证明日耳曼人就是野蛮民族时，他所描绘的"任何人，假如不顾令人恐惧的大海中蕴藏的危险，那他就会前去寻找日耳曼尼亚，那是一块未经开垦的土地，气候恶劣，居住条件极为简陋"，并非是美学上的判断，他仅仅是为了指出一个文明未经开化、气候极为寒冷地区的种种艰难困苦而已。拉斯金[2]也曾注意到，古代人往往会忽略风景中所蕴含的美学因素。

日耳曼尼亚，在塔西佗看来，指的是今天斯堪的纳维亚的广袤土地，他认为日耳曼尼亚是一座由波兰、德意志和奥地利共同组成的岛屿。日耳曼人对英格兰的征服发生于五个世纪之前。

塔西佗两次提到了日耳曼人的诗歌。第一次，他这样对

---

1 Theodor Mommsen（1817—1903），德国历史学家、作家。
2 John Ruskin（1819—1900），英国艺术评论家、建筑评论家、作家。

我们说："古老的诗歌——所有的诗歌都是编年体式的，都是民族记忆——赞颂了一个名叫忒斯托的神明，忒斯托从大地上诞生，据日耳曼人说，神的儿子马努，就是日耳曼民族的创造者。"不久之后，塔西佗又补充道："日耳曼人说在这片土地上还生活着一位赫拉克勒斯一样的大力士，每逢他出征上前线时，人们就会唱起赞歌，称赞他为勇士中的第一人。日耳曼人拥有一些著名的颂歌，即游吟诗人吟唱的诗歌，为战斗鼓劲儿，也预祝战争取得胜利。事实上，根据战斗方阵的回应和反应，日耳曼人或令人闻风丧胆，或早已心惊胆战，这比口头吟诵的优美旋律更能彰显其善战的骁勇。他们希望甚至刻意营造一种令人恐惧的冷酷形象，例如他们在嘴前放置盾牌，阻止发出声音的同时，以便深吸一口气，快速起身。"[1]

塔西佗提到的这首诗，没有任何资料流传至今。如果说这首诗的内容可能隐藏在我们熟知的作品中，我们对此一无

---

1 塔西佗笔下的赫拉克勒斯一般的大力士是托尔，在下莱茵河畔地区的拉丁语铭文中，被称作"大力赫拉克勒斯"。忒斯托即斯堪的纳维亚人眼中的提尔（Tyr），如同罗马人眼中的战神玛尔斯（英语中的星期二就写作Tuesday）。——原注

所知，因为关于这首诗的参考资料极为模糊不确定。

　　事实上，这段刻在牛角上的铭文：Ek Hlewagastir Holtingar horna tawrido（我，Hölting 之子 Hlewagast，制做了这个号角）或两篇奇文，即《梅泽堡咒语》，拉开了德语文学的序幕。牛角上铭文的时间大概为公元五世纪，是一段不断重复字母 H 的押头韵的诗。两篇文章被收录在公元十世纪的手稿中，但事实上，它们的创作年代则更为久远。第一篇中写道："某日，智慧女性从天而降，她们四处落脚，一些女性系上绳索，一些女性阻止了军队，另外一些则忙着锉断锁链：挣脱枷锁，摆脱敌人。"很显然，会受到它鼓动的女性，就是瓦尔基里。第二篇同样来源于异端邪说，以巴德尔和沃登之间的对话拉开序幕。前者的马蹄脱臼了，沃登用下面这些押韵的句子治愈了它：

Bên zi bêna / bluot zi blouda

lid zi geliden / sôse gelîmida sî![1]

1　骨对骨，血对血，关节对关节，仿佛它们从未分离。——原注

公元八世纪晚期，祈祷文被定名为《韦索布伦的祈祷文》。人们在祈祷文中加入了一段押头韵的诗句作为序言，因此，祈祷文本身就变成了押头韵的散文体。文中写道：

"我从人群中学到了最为神奇的这一点。世上没有天空，没有大地，更没有树木与山峦。太阳从未照耀大地，月亮从不闪闪发光，汹涌的大海也未曾波光粼粼。当一切变得没有止境、没有界限之时，万能的主降临了，主是人群中最和善的那位，身边簇拥着各种神灵。上帝是圣洁的。

"万能的主啊，是你分开了天空与大地，是你赐予了人类那么多的福祉，主啊，请你大发慈悲，赐予我坚定的信念和顽强的意志吧，赐予我智慧、谨慎和力量，让我能够抵抗魔鬼，躲避邪恶，让我遵照你的意愿行事。"

在《韦索布伦的祈祷文》中，我们可以感受到斯堪的纳维亚人著名的天体演化诗歌《女占卜者的预言》中第三段的余音：

"没有天空，也没有大地，只有无边无际的深渊。哪儿都没有可供放牧的地方。"

《希尔德布兰特之歌》

卡塞尔附近有一个名叫富尔达的小镇,在它的修道院内,发现了一部公元九世纪的神学手稿,手稿的第一页和最后一页中反复出现了一段六十八行的诗歌,被命名为《希尔德布兰特之歌》。该书稿发现于一七二九年;发现者约·格·冯·埃克哈特[1]用拉丁语写了一段评述之后,将该手稿公布于众。因为当时不知道押头韵诗歌的创作规则,发现者将该诗认作了散文体。

《希尔德布兰特之歌》的主题来自哥特人的历史传说。国王狄奥多里克(狄特里希)被奥多亚塞赶下王位,经过三十年的流放之后,他重新回到自己的王国,希望夺回王位。他手下有一名武士,名叫希尔德布兰特,此人抛妻弃子,一直追随国王左右。两军对垒之际，一位东哥特年轻人出来挑衅希尔德布兰特，要求与他单挑。希尔德布兰特问他说："你来自哪个家族？只消告诉我你们家族中一个人的名字，我就能说出其他好几个人的名字，要知道，这个王国中的所有家族，我都了如指掌。"（当时的日耳曼人，就像荷马史诗中描写的那样，骑士是不会与无名之辈动手的。这让我们想起了盎格鲁-撒克逊语的残篇《芬斯堡之战》中齐格弗里德类似的宣言。）年轻人回答说他叫哈都布兰特，希尔德布兰特之子，后者为了避开奥多亚塞的怒火，追随狄奥多里克去了东方。希尔德布兰特表明身份，说自己就是他的父亲，想把自己的金臂钏传给儿子。哈都布兰特认为这是对方胆怯之后耍的阴谋诡计，因此坚持要与其决斗。作品到此戛然而止，《英雄诗篇》中的一个片段告诉我们，儿子最终死于父亲之手。这个结局似乎过于惨烈，在后世的多个传说版本中，例如，在十三世纪的《狄奥多里克萨迦》和十四世纪的《年轻的希尔德布兰特》中，父子俩最终握手言和。

1　Johann Geory von Eckhart（1664—1730），德国历史学家。

关于父亲必须要亲手杀死儿子的主题同样也是凯尔特人和波斯人的传统。《列王纪》是一部波斯通史，全诗共计六万余"别特"[1]，这部创作于公元十世纪左右的鸿篇巨制般的史诗中，讲述了鲁斯塔姆和儿子苏赫拉布之间的一场决斗。在波斯军队和鞑靼军队面前，两位勇士开始决斗，两人的剑都断了，最后只能棍棒相向。鲁斯塔姆杀死了苏赫拉布，后者临死之际，说自己的父亲鲁斯塔姆一定会为自己报仇雪恨。战斗持续了好几天，鲁斯塔姆亲手埋葬了自己的儿子，儿子的身份表明得实在太晚了些。在《希尔德布兰特之歌》中，父亲统帅了一支匈奴人的队伍，而在《列王纪》中，儿子则效力于鞑靼人的队伍。有趣的是，在这两个故事中，总有一支军队来自蒙古族。[2]

《希尔德布兰特之歌》是日耳曼古代英雄诗歌的典范，

1　对波斯诗行的特别称呼，每个别特含两句押韵的诗行。

2　弗里德里希·吕克特在1838年用流畅的"别特"诗行创作了一首名叫《鲁斯塔姆与苏赫拉布》的诗歌。马修·阿诺德受到圣驳夫一篇文章的启发，于1853年，发表了题为《鲁斯塔姆与苏赫拉布：一个事件》的文章，文章写得极为严谨，有时又像荷马史诗般令人感动。阿诺德诗歌的最后，鲁斯塔姆用自己的披风盖住了儿子的脸，自己躺倒在儿子身边的沙地上，在军队的注视下，为儿子守灵整整一夜，直到白天来临。——原注全诗押头韵。从现存的孤本片段中，我们仍然能够感受到全诗的类似风格，虽然今天对我们来说，全诗已然无法读到了。

《希尔德布兰特之歌》全诗风格粗犷，诗中用了不少合成词，却没有比喻。

《穆斯皮利》

　　如果说《韦索布伦的祈祷文》讲的是世界的起源，那么，于公元九世纪初在巴伐利亚创作的《穆斯皮利》，讲的则是末日审判。一开始，作者描绘了每个人死亡时会发生的事情。躯体一旦死亡，魔鬼和天使就忙着争夺灵魂。（在《神曲·炼狱篇》第五歌中，波恩康特·达·蒙泰菲尔特罗，这位或许在堪帕尔迪诺战争中就死于但丁之手者的灵魂，就向我们揭示了这种争夺。最终天使取得了胜利，绝望的魔鬼一把抢去了亡者的身躯，将其投入河中。）《穆斯皮利》描绘的是以利亚和敌基督之间的争斗。全诗仍然以押头韵为主，不过，末尾押韵的方式也初露端倪。我们将全诗的最后一段抄录于此："山峦在燃烧，大地上没有一棵树木能独活，沼泽陷落，天空被焚毁，月亮西沉，整个米德加尔德（人世间）陷入一片火海之中，没有任何石块存留在另一块之上。末日审判横扫整个大地，用大火审判人类。穆斯皮利所到之处，任何人都无法救助他人，哪怕此人就近在咫尺。"穆斯皮利就是世界末日的大火，在《老埃达》中，它被塑造成一个名叫穆斯佩尔的巨人形象。斯多葛主义者也同样信奉末日审判时会燃起大火，而非洪水滔天。

《救世主》

老撒克逊人（altsachsem，对老撒克逊人的称呼，用于区分于英格兰的撒克逊人）的诗歌文学中，只保留了两首：《救世主》和《创世记》。《救世主》其实只留下了一些片段，散落在四部手稿中，这四部手稿分别保存在布拉格、慕尼黑、梵蒂冈图书馆和大英博物馆。这四部手稿中，保存在大英博物馆的最为古老，可以追溯到公元十世纪，而《救世主》这首诗创作于公元九世纪。一份拉丁文资料曾经提到，查理大帝之子虔诚者路易曾经向一位撒克逊人——此人在他的民众间享有"著名诗人"的美誉——推荐两部诗歌版的《圣经》。撒克逊人遵从路易的意见，却言之凿凿地说，他曾在梦中听到了天使向他朗诵的一部诗集，那里面的诗歌"比德语中任何诗歌都要美妙得多得多"（ut cuncta Theudisca poemata sua vincat decore）。有参考资料表明，这些诗歌指的就是《救世主》，而关于"做梦"的情节则明显是受到了开德蒙故事的影响。

《救世主》（现代德语中，Heliand 意为"救世主"）不是直接以福音书为基础，而是以尊者比德、阿尔昆和百科全书编纂者拉巴努斯·莫鲁斯[1]等人的拉丁文评论文字为基础。这种博学与诗人的简朴形成了鲜明的对比。诗人将天父上帝比作国王，把基督称作王子，把圣徒叫作勇士，把大希律王称为"戒指的捐献人"，把教士称作"马儿的守护者"，把撒旦称为"隐形斗篷的拥有者"。诗人兴致高昂地谈到了西门彼得拔出宝剑、割下大祭司侍从的右耳的故事（《约翰福音》第十八章第十节），还写道，当基督复活了拉撒路的时候："给这位倒地的英雄赋予了生命，许他继续享受人间的欢乐"。诗人坚持说，耶稣来自大卫王的皇宫。诗中省略了那个提醒："有人打你的右脸，连左脸也转过来由他打。"据说，《救世

1　Rabanus Maurus（780—856），富尔达修道院院长、学者、美因茨大主教。

主》并非对于古老日耳曼史诗的模仿之作，而是一部真正的史诗典范，尽管诗中的主人公完全不符合传统的史诗英雄形象。这很容易让人猜测，诗人在创作《救世主》之前所获得的所有名声都来自离经叛道的创作，仿佛是命运让其偏离了正轨。我们已经看到，整首诗的基调、诗中的比喻和所使用的词汇，完全就是史诗式的。对拉丁文评论的熟练掌握则表明这位无名作者是一位宗教人士。我们所能看到的诗歌有六千余行。很可能这些诗歌是在富尔达修道院中创作的，因为在这所修道院的图书馆中可以找到相关的资料。

《创世记》

　　本诗创作时间略晚，全诗九百余行，讲述了亚当降临人世的故事。亚当被逐出伊甸园之后，被罚忍受饥渴、风吹日晒，遭受暴雨冰雹之际，为自己濒死的悲惨状况哀叹不已。而在另一个段落中，夏娃伏身在河边，正在为自己的命运哭泣，手里忙着用清水浣濯被该隐杀死的亚伯的血衣。在提到亚伯拉罕的故事和平原城市遭受的惩罚时，诗人——弗里德里希·福格特[1]注意到——"用略带羞耻却又无比大胆的双手抹去了所有能够伤害我们道德情感的一切"。据说，《创世记》是由《救世主》创作者的一名学生创作的，也许，在宗教情感和想象力方面，学生超越了他的老师。

《创世记》同样有盎格鲁-撒克逊的版本或解读版，从公元九世纪一直流传至今。[1]

维森堡的奥特弗里德

维森堡的奥特弗里德（八○○—八七○）修士的重要
性要略逊一筹，尽管他创作了一部将近七千行的诗韵《福音
书》，并且是代表了所在国文人形象的第一位德国诗人。他是
富尔达学派创建人拉巴努斯·莫鲁斯的弟子，后者在其论著
《论教职人员的教育》中大力支持对七艺的研究，拥护古代哲
学家的思想，为此，他获得了"日耳曼主义传播者"的美誉。
此外，拉巴努斯·莫鲁斯还是一部条理非常清晰的百科全书
《论宇宙》的作者。该书开篇几章是关于上帝的，而最后几章
讲的则是石头，中间的章节则涉及了回声和金属等诸多主题。
奥特弗里德的大作完成之日，拉巴努斯早已作古多年。奥特
弗里德在作品中加上了两首离合体的题词，之后把他的作品

寄给了日耳曼人路易和红衣主教康斯坦茨的所罗门。

与《救世主》的佚名作者不同的是，奥特弗里德是一个有自觉意识、督促自己创作的诗人，这在当时可谓勇气可嘉，因为他自觉地用德语创作了一首可以与任何经典作品相媲美的诗作。他打破了，或者说，他试图打破诗歌押头韵的窠臼，寻找一种严谨的创作方式，在德语诗歌中首开诗句押韵之风。他受到爱国主义的驱动，他在作品中写道，法兰克人在战斗精神上已经和希腊人、罗马人一致了，他希望法兰克人在精神道德方面也能达到希腊人、罗马人的水准。同时，他还想得到他们的许可写一本书，而不冒犯他们虔诚的耳目。

《福音书》共分五书，押头韵却缺少韵脚。虽然诗人意志坚定，但是古老诗歌的传统与习惯仍然还在延续。诗中的一些比喻也是如此，诗中还提到，前来向圣母马利亚通报耶稣即将出生消息的天使穿过了阳光小道、星星大道、彩云大街等等。

《救世主》中并没有关于《圣经》的比喻性描述；而对奥特弗里德来说，诗中提到的种种事实远没有他们所象征的教义与隐含的教育意义重要。因此，《新约》（《马太福音》第二章第二节）中说东方三王给耶稣带来了香料、黄金和没药，奥特弗里德则认为，这些东西象征着教士的尊严、国王的尊严和死亡。

韵脚，当下我们早已习以为常，然而，在十个世纪之前，韵脚是新生事物，模糊不定，难以掌握。下面我们抄录了奥特弗里德的几句诗：

Súnna irbalg sih thráto / súslichero dato

ni liaz si sehan woroltthiot / thaz ira frunisga licht.[1]

奥特弗里德的作品不太受欢迎，在韵脚的使用中，我们感受到了南方流派的影响，在每个页面中，我们都能感受到修道院那种严肃压抑的气氛。诗中回响着新柏拉图主义的余声，充满了千奇百怪的形象，例如：基督头戴荣誉桂冠，成为世界之王；他的身边，圣母马利亚闪闪发光，是天堂之后。

1　面对如此恶行，太阳怒发冲冠，不让世人继续看到它耀眼的光芒。——原注

《路德维希之歌》

公元八八一年，法国卡洛林王朝的国王、"口吃者路易"之子路易三世，在索库尔地区打败来自斯堪的纳维亚的入侵者军队，杀敌九千余人。很久以来，西部的法兰克人一直说罗马人的语言，但是，关于这次法兰克人的胜利，他们却创作了一首德语诗歌，《路德维希之歌》，以示庆祝。在《路德维希之歌》中，法兰克人是被上帝选中的民族。上帝为了考验他们，也为了惩罚他们的罪行，同意让一些野蛮的游牧民族穿越大海，入侵大陆，并毁灭了他们的国土。最后，上帝同情他们的遭遇，命令他们的国王：

Hludwig, kuning min / Hilph minan liutin!

Heigun fa northman / Harto bidwungan.[1]

路易三世获得了上帝的许可之后，举起了战斗的大旗：

Tho man her godes urlub / Hueb her gundfanon uf,

他们向侵略者扑去，把他们打得落花流水。诗歌在对上帝力量的歌颂声中画上句号。与《布伦纳堡之战》不同的是，这里，胜利归功于上帝，而不是人类的勇敢。由此，《路德维希之歌》同时兼具了史诗和宗教诗的特点。

国王于第二年故去，为了庆祝国王的胜利而创作的《路德维希之歌》就变成了公元九世纪最后一首纪念性作品。之后，便是长达两个世纪的沉默。语言因此而沉寂，各个修道院开始用拉丁语创作诗歌。卡洛林王朝覆灭于九一一年，奥托一世成为罗马皇帝，他致力于将德国文化希腊化和拉丁化。诗歌《卢特之歌》的内容是关于日耳曼人的，却是用拉丁语

---

1 路德维希，我的国王，帮帮我的子民！北方来的人让他们饱受磨难。——原注

写的。剑桥大学保留了公元十一世纪的一部手稿，其中有一长段严格押韵的诗句，是用拉丁语和德语交替写成的。诗中，Heinrich 和 dixit 同韵，manus 和 godes hus（上帝之家）押韵，诸如此类，不胜枚举。其中一段表达爱意的对话中，我们看到了这样的诗句：

suavissima nunna / coro miner minna

resonante odis nunc silvae / nun singant vogela in walde. [1]

"德国人"诺特克（九五二——一〇二二）试图挽救本国语言。他注意到，"用母语交流，人们可以快速理解对方，但是用外语却常常难以相互理解，甚至还会产生误解"。他撰写了一本关于德语修辞学的书，并且用德语来翻译《雅各书》、《诗篇》、亚里士多德的《范畴篇》和波爱修斯的《哲学的慰藉》。在他的修辞学著作中，他列举了不少同时代的诗歌，其中古老的押头韵与新兴的韵脚并存。

---

1 我亲爱的修女啊，见证我的爱吧。森林里回响着歌声，鸟儿放声歌唱。——原注

十一至十三世纪

　　公元十一至十二世纪，禁欲文学和宗教文学大行其道。主要的作品有《临终时刻》《关于信仰》《死亡记忆》。死神的胜利，将人世间的各种荣耀都化为尘土和腐泥，这正是后者，奥地利修士海因里希·冯·梅尔克作品中的主题。

　　十二世纪，还有廷德尔超脱尘世见闻的诗作。此人是一位爱尔兰的年轻绅士，他的灵魂在守护天使的引导下，整整三天游历了地狱（包括火域和冰域）和天堂，天堂里全是殉道者、主教和红衣主教。在这个见闻录中，魔鬼被描绘成一只野兽，肚子里装满了毒蛇、恶犬、狗熊和狮子。这部作品原文是用拉丁语写的，在中世纪广为传播。我们不知道这位但丁的谦卑先驱姓甚名谁，但的确是他将此书翻译成了还算过得去的德语诗文。这些见闻让我们想起了尊者比德的类似篇章，似曾相识。

马利亚抒情诗或向圣母致敬的抒情诗标志诗歌开始着向一种不那么忧郁的类型转变。一一七二年前后，维伦赫尔创作了史诗传记《圣母马利亚生平》的前三册，从马利亚的出生一直讲到出埃及记。这类赞美诗很快大量问世，大多为原创或转写自教堂的祈祷书。开满鲜花的亚伦手杖、被封的菜园、象牙塔、燃烧的黑莓，这些都是这类诗中的常见意象。

十字军将人们的想象带去了东方。公元一一三〇年前后，布道者兰普雷希特从一本法语书中受到启发，开始讲述属于他自己的《亚历山大大帝之歌》，这是马其顿国王亚历山大大帝精彩绝伦的一生。在这本书中，亚历山大大帝征服了人间大地，之后就想征服天堂。最后，亚历山大大帝带着他的军队来到一堵望不到边的城墙脚下，从城墙上砸下来一大块宝石。这块宝石放在一个天平的托盘上，比人世间所有的黄金加起来还重，但是，当在天平的另一端托盘上放上一小撮尘土，这个托盘就带着宝石升到了空中。亚历山大大帝明白，这块宝石从某种意义上来说就代表着他本人，是他不满足于世间的所有财富，这些财富最终化作了一抔黄土。[1] 后来亚历山大大帝在巴比伦被人毒死，"死后，他只占据了六英寸的土地，和所有来到这人世间最为穷苦的人一样"。

一一三五年，一位德国巴伐利亚的牧师，梅根堡的康拉德把《罗兰之歌》翻译成德语。可以想见，德文版中削弱了史诗中英雄的法国特质，却保留了原诗的天主教特征。他把诗中卡洛林王朝的勇士变成了十二世纪的十字军骑士。同时，还为这首诗添加了几分皇帝纪事的色彩，使其变成了一个毫无责任感、毫无条理可言的随便哪个国家的故事。

1　尤维纳利斯(《讽刺诗》X, 147)中表达了同样的理念。克维多也在一首题为《召唤死神》的十四行诗中如是说：

好奇的和博学的都已死去，
重不过区区一磅
灰烬中雷光闪现
在马其顿化为耻辱。

雨果则表达得更为优雅（《黄昏集 II》）：

朝圣者陷入深思……
双膝跪在石上，掂量
拿破仑在他的掌心
将留下多少尘埃。

——原注

这些作品为宫廷史诗的出现做了充分的准备，宫廷史诗这一文学体裁，在戈特弗里德·冯·斯特拉斯堡的《特里斯坦》和沃尔夫拉姆·冯·埃申巴赫的《帕西法尔》中达到了巅峰。对于后者的研究，无论从语言学的角度，还是将其视作与日耳曼早期诗歌的创作与精神毫不相干的作品而言，都已经超出了本书的研究范畴。[1] 这些诗歌中描绘的那个游侠骑士的世界，只能作为自然更替和情感宣泄的点缀。最早出现在天边的星辰只是为了给夜晚的降临投石问路，沃尔夫拉姆这样描述幸福的人儿："他的悲痛早已骑着马儿远去，远得连任何投枪都追赶不上。"

十二世纪还有一些无名诗歌流传至今：

dû bist mîn, ich bin dîn / des solt dû gewis sîn[2]

1　《帕西法尔》一书的灵感来源于克雷蒂安·德·特鲁瓦的作品《高卢人帕西法尔》。在亚瑟王传说故事中，最后的晚餐中的酒杯名叫"杯"（《路加福音》：XXII, 20），约瑟在酒杯中倒入了被钉在十字架上者的血液；在沃尔夫拉姆·冯·埃申巴赫的作品中，那个酒杯就是一块宝石，天使将它带来，随从护送的还有一队骑士。此外，宝石还拥有神奇的魔力和预言的能力，每个神圣的周五，都会有一只鸽子从天上飞下来，为这块宝石更新它的魔力。——原注

2　你属于我，我属于你 / 这一点你了然于胸。——原注

这些像极了西班牙语抒情诗中"友谊诗"的诗歌，宣告了Minnesänger，即宫廷爱情吟诵者，创作诗歌的出现。这些吟诵者以普罗旺斯小学教师的身份，最终却创作出一种极具德国特色的诗歌，与之前日耳曼人古老的诗歌传统迥然不同。这种吟诵诗的最高成就莫过于瓦尔特·冯·德尔·福格尔魏德（一一七〇——一二三〇）的蒂罗尔方言诗，这位诗人擅长用最简洁最淳朴的语言描述确切的事物：

Waz stiuret baz ze lebenne / danne ir werder lîp[1]

还有，某一天他突然怀疑，自己过去的生活不过是一场梦：

Owé war sint verswunden alliu mîniu jâr?

ist mir mîn leben getroumet, oder ist ez wâr?[2]

1　有什么能比一具亲爱的躯体／更有助于生活？——原注
2　啊，痛苦啊，我所有的年岁全都消失了！／难道我梦到了自己的人生？难道它是真实的吗？——原注

《英雄之书》

公元五世纪末到六世纪初，狄奥多里克，人称狄奥多里克大帝，曾是西哥特人和罗马人的国王。他率领一支二十万人的军队，在维罗纳大败意大利国王奥多亚塞，后来又将其围困在拉韦纳。饥饿迫使后者不得不寻求和平，双方经过冗长的商谈之后达成协议，同意由两位国王共同执政。为了庆祝和谈成功，狄奥多里克邀请奥多亚塞来到皇宫的花园里参加庆祝活动。期间，两位男子跪倒在奥多亚塞跟前祈求，却用绳索捆住了他的双手。于是，狄奥多里克拔出宝剑，将其杀死。"上帝何在？"奥多亚塞倒地之前，如是问道。奥多亚塞时年恰满六十，狄奥多里克却津津乐道于刀剑竟能如此轻易地刺入血肉。"可怜的家伙没长这副骨头。"他或愤怒或恐惧地说。约达尼斯（《哥特史》第五十七章）却一本正经地写道："狄奥多里克最先赦免了他，紧接着却夺去了他的阳光。"

关于狄奥多里克，又被称为维罗纳的狄奥多里克、狄特里希·冯·贝恩，及其拉韦纳战役或乌鸦之战的许多模糊的记忆，都能在《英雄之书》一书中找到。这部十三世纪的诗集中，同时还提到了阿提拉、克里姆希尔特和希尔德布兰特等人的事迹。我们可以看到，在日耳曼的史诗中，战争和被擒的鸟儿是两个无法分割的意象。

在其中的一个故事《狼人狄特里希》中，狄特里希由一只母狼抚养成人，就像罗慕洛和雷穆斯，也像吉卜林《丛林之书》中的毛克利。

随着一代代口耳相传，历史的真相早已披上了虚幻的外衣。巨人、侏儒、龙、龙蛋和神奇花园等意象在《英雄之书》中随处可见。这本书是最早得以印刷出版的德语图书之一。从其十五世纪的某个版本，从明纳施塔特的某个卡斯帕·冯·德尔·罗恩的作品中，我们抄录了下列诗段。这些诗行用中世纪的德语写就，完全能够辨认：

Da vornen in den kronen

Lag ein karfunkelstein

Der in dem pallast schonen

Aecht als ein kertz erschein;

Auf jrem haupt das hare

War lauter und auch fein,

Es leuchtet also klare

Recht als der sonnen schein. [1]

1　王冠前面有一块红色的宝石, 在美丽的宫殿中像蜡烛一样熠熠闪光; 他的头上,
　头发清洁、柔细, 像阳光一样闪着光芒。——原注

《尼伯龙根之歌》

    安德瓦利宝藏的悲剧故事演化为两个著名的版本。其中一个，我们已经可以确认，就是《伏尔松萨迦》，成书于十三世纪中叶的挪威或冰岛。这里，我们要说到的是另一个版本，即《尼伯龙根之歌》，于同一个世纪初叶成书于奥地利。德语诗人在当时，或许在稍早之前，正好赶上了该传说发展的某个后期阶段。《伏尔松萨迦》充满了神秘和野蛮的色彩，但是《尼伯龙根之歌》却显得优雅而浪漫。一七五五年，在霍恩埃姆斯（瑞士）发现了《尼伯龙根之歌》的全稿手抄本，或者说，根据作品最后的一行诗，我们认定这是《尼伯龙根之歌》的手稿：

hiet hat das maere ein ende: / das ist der Nibelunge not:[1]

诗中的 Nibelunge not，即尼伯龙根人的不幸。随后，在德国、奥地利和瑞士的多个图书馆，陆续发现了十五世纪之前的二十四部羊皮卷手抄本，有全稿也有残章，以及年代稍晚些的十部羊皮纸或纸稿手抄本。《尼伯龙根之歌》的第一个评论版本为拉赫曼的一八二六年版本。《尼伯龙根之歌》第一个比较可信的现代德语版是卡尔·西姆罗克的转写版，完整保留了原文的韵律，出版于其后一年。

得益于浪漫主义运动，以及对奥西恩的崇拜，《尼伯龙根之歌》的名声很快就传扬开来。然而，腓特烈二世却一再否认自己对于这首古老史诗的热爱，宣称德国就不会产出什么好东西。应该注意的是，腓特烈二世，作为伏尔泰的徒弟，除了法国文学，根本不认可其他文学的存在。对他而言，德语只是他统治的帝国内的某种方言，他只是像他父亲腓特烈一世那样对德语毫不在意，后者则说出了下面这样一段

1　故事到此结束 / 这就是尼伯龙根人的悲惨故事。——原注

名言："我巩固了主权和王位，就像铜石一样不可撼动（Ich stabiliere die Monarchie wie auf einem Rocher von Bronze）。"民族解放运动很自然地释放出了德意志的民族性；其中的一个结果就是专门为士兵出版了一个《尼伯龙根之歌》的平价版本。歌德指出，这首史诗的再发现在德意志民族历史上划出了一个时代。另外，他还曾断言，《尼伯龙根之歌》是经典之作，但不应将其作为范式，就像不能把"中国人、塞尔维亚人或卡尔德隆"尊为模仿对象一样。一些吹捧者将《尼伯龙根之歌》称为"北方的《伊利亚特》"，卡莱尔[1]却认为，除了叙述性和战争题材之外，这两部作品之间没有任何共同之处。叔本华说，将《尼伯龙根之歌》比作《伊利亚特》，那是一种亵渎，因为前者根本不能拿来污染年轻人的耳朵。克罗齐[2]在不久前曾写道："或许，应该在腓特烈二世不屑一顾的态度和那些浪漫主义评论家夸张的赞美之间找到一个中间态度来评价《尼伯龙根之歌》，要知道，正是因为这些评论家的溢美之词，使得《尼伯龙根之歌》变成了德国，甚至不知道

1 Thomas Carlyle（1795—1881），苏格兰哲学家、评论家、讽刺作家、历史学家。
2 Bernedetto Croce（1866—1952），意大利历史学家、哲学家。

为什么，居然变成了所有日耳曼人的伟大的民族史诗。"

　　像荷马风格的诗歌一样，《尼伯龙根之歌》开篇就说出了故事的主题：

> Uns ist in alten maeren / wunders vil geseit
>
> von heleden lobebaeren / von grosser arebeit,
>
> von frouden, hochgeziten, / von weinen und von klagen,
>
> von kuener recken striten / mujet ir un wunder hoeren sagen[1]

　　巩特尔，格尔诺和吉泽尔赫三位国王的妹妹克里姆希尔特，是天下最美丽的少女，住在莱茵河畔的沃尔姆斯城。一次，她梦见两只老鹰把她最心爱的雏鹰啄死了。母亲告诉她，雏鹰象征她将要遇见但最后却要失去的男子。齐格弗里德，

---

1 古老的故事为我们讲述可敬可佩的英雄的传奇故事，讲述他们的丰功伟绩，他们的喜怒哀乐；现在，你们即将听到的，是这些奋不顾身的勇士在战场上创造的奇迹。——原注

低地国家某个血统的国王之子，是天下最勇敢的骑士，他赢得了尼伯龙根家族的珍宝，包括巴尔蒙克剑和隐身衣。克里姆希尔特的美貌传到了齐格弗里德耳中，他带着随从往沃尔姆斯城而去。一年过去了，齐格弗里德没见到克里姆希尔特，直到那场折进去两位国王的战争大胜之后，王宫里举办了盛大的宴会，英雄和美人儿才得以邂逅彼此。

Sam der liechte mane / vor den sternen stat,

der scin so luterliche / ab den wolken gat,

dem stuont si nu geliche / vor maneger frouwen guot,

des wart da wol gehoehet / den zieren heleden der muot.[1]

英雄一看到克里姆希尔特，瞬间就为她的美貌倾倒，后者仿佛化身为绘画大师用娴熟的技巧绘制在羊皮纸上的形象。

巩特尔牵着克里姆希尔特的手将其送给齐格弗里德，要求后者替他征服布隆希尔德，那位经常出难题考验其追求者

---

1 如同明月跃出云层，周围星辰为之一暗，克里姆希尔特站在众多姑娘之间，星光熠熠，激荡着勇士的心。——原注

的冰岛女王。齐格弗里德和巩特尔航行了十二天，来到艾森施泰因城堡。借助隐身衣，齐格弗里德隐去行踪，通过各种办法，完成了理应由国王巩特尔完成的壮举。布隆希尔德扔出一块七名男子都抬不动的大石头，跳到了石头的另一侧。齐格弗里德把手中的投掷物扔得更远，还挽着巩特尔的胳膊跳到了更远处。布隆希尔德承认自己被折服。

布隆希尔德的众多臣属赶到艾森施泰因城堡，为即将举行的婚礼向女王表示祝贺，而巩特尔的一名手下，哈根，却担心会有变故。于是，齐格弗里德跑到尼伯龙根人的国度去寻求支援，要知道，他可是这个国家的国王。

在《老埃达》中，Nibelungos（尼伯龙根）经常被写成Niflungar，尼伯龙根人的国度还曾多次被叫作Niflheim，即"大雾弥漫之地"或"亡者聚集之地"，尼伯龙根人也许就是死亡之人，谁要是抢了他们的财宝，总有一天，都会被送去与他们会合。瓦格纳如是解读这个传说，谁要是攫取了财宝，谁就会变成尼伯龙根人。

齐格弗里德只花了一天一夜就到达了尼伯龙根人的国度，而普通人一般需要在路上走上整整一百天。他从那里带回了一千名勇士，大大地震慑了布隆希尔德的臣属。

两场婚礼在沃尔姆斯同一天举行。桀骜不驯的布隆希尔德拒绝了巩特尔的求爱，后者为了征服她，不得不再次求助于齐格弗里德和隐身衣。齐格弗里德私藏了布隆希尔德的一枚戒指，不幸的是，他把戒指送给了自己的妻子，并把事情向她和盘托出。

齐格弗里德把克里姆希尔特带回了自己的国度。十年之后，夫妻二人再次回来。布隆希尔德和克里姆希尔特为谁应该第一个进入教堂而发生了争执。心高气傲的克里姆希尔特对女王说齐格弗里德才是真正征服了她的那个人，还拿出戒指来证明自己说的这一切。布隆希尔德为了报复自己遭受的欺骗，也为了报复齐格弗里德对她的蔑视，决定置齐格弗里德于死地。

哈根受命前去杀死英雄，后者战无不胜，因为他曾经用滚烫的龙血浸浴全身，身体坚不可摧，浑身上下只有肩膀上有一处弱点，这里因为沾上了一片椴树叶而没有浸泡到龙血。不久之后，他们一起出去狩猎。齐格弗里德杀死了一头野猪、一头狮子、一头野牛、四头公牛和一头熊。当他俯下身子准备去小溪喝水的时候，哈根把匕首刺入了他的肩膀。齐格弗里德临死之前把哈根打翻在地。然后，"克里姆希尔特的男人倒在了鲜花之上"（Do viel in die bluomen der Kriemhilde man）。克里姆希尔特每天都赶去做最早的弥撒，哈根把齐格弗里德血淋淋的尸体放在教堂门口，以便克里姆希尔特天一亮就能看到他。克里姆希尔特痛不欲生，为齐格弗里德守孝三天三夜。当人们把他送去下葬的时候，她还命人打开棺木，过去吻他。

格尔诺和吉泽尔赫把全部财产交给了克里姆希尔特。为了赢得民心，克里姆希尔特在穷人和富人之间分发财产。而尼伯龙根人的财宝是取之不尽用之不竭的，尽管克里姆希尔特把钱分给了全世界，这些财宝却不会减少一分一厘。哈根担心如此下去克里姆希尔特会得到许许多多人的支持，于是就将财宝据为己有，并和巩特尔一起，将财宝沉到了莱茵河河底。《尼伯龙根之歌》的第一部分就此结束。

十三年后，吕第格侯爵来到沃尔姆斯，为他的主人，匈奴人的国王埃策尔（即阿提拉）求娶克里姆希尔特。克里姆希尔特接受了匈奴人的求婚，要求他们为齐格弗里德报仇雪恨。她长途跋涉来到埃策尔堡，与匈奴王成婚，并且诞下一子，奥特利布。又过了十三年，克里姆希尔特邀请她的兄弟们去埃策尔堡做客。哈根试图说服他们不要去，但是兄弟们坚持前去。一行人横穿多瑙河的时候遇到了美人鱼西格琳，她预言除了国王的牧师，所有人都将有去无回。哈根为了打破这个预言，直接把牧师扔进了多瑙河。结果他却活了下来。哈根无奈之下，只得接受命运的安排，等他们上岸之后，他砸沉了船。来到埃策尔堡，克里姆希尔特问哈根是否带来了财宝。哈根回答说他带来了宝剑与盾牌。巩特尔与哈根带来了一千名勇士，数以千计的匈奴人包围了他们下榻的地方。双方整整激战了一天。到了晚上，包围者放火烧着了房子。勇士渴得不行，只好去喝死者的血。克里姆希尔特用装满盾牌的赤金悬赏哈根的脑袋。战斗仍在继续，被围者最后只剩下了巩特尔与哈根。（这个场景与前文中提到的《芬斯堡之战》的片段何其相似！）狄特里希·冯·贝恩（维罗纳的狄奥多里克）向他们发起了进攻，制服了他们，将他们绑去见克里姆希尔特。哈根说，只要他的国王活着，他就绝对不会泄露财宝的埋藏之地，克里姆希尔特下令杀死了巩特尔。哈根却说："只有上帝和我才知道财宝被藏在哪里。"（den scaz den weiss nu niemen wan got unde min）克里姆希尔特用齐格弗里德的剑砍下了哈根的脑袋，狄特里希手下的骑士希尔德布兰特杀死了她，却吓得魂飞魄散。

史诗以下面的诗段宣告结束：

I'ne kan in niht bescheiden / was sider da geschach;

wan ritter unde vrouwen / wein man da sach,

dar zuo die edeln knehte / ir lieben friunde tot,

hie hat das maere ein ende; / das ist der Nibelunge not. [1]

《尼伯龙根之歌》由三十九首历险诗（aventiuren）组成。作者被认为是一位奥地利的游吟诗人。诗中提到了两座想象中的城池的名字，扎扎曼克和阿扎古克，这两座城池的名字似乎来自十三世纪初作家沃尔夫拉姆·冯·埃申巴赫的作品《帕西法尔》。每一段诗有四行长长的诗句（langzeilen），韵律为双句对韵。有时候，诗句内部也押韵。科勒维尔和托内拉在一九四四年巴黎出版的版本中，研究了本诗的格律。

---

1 我无法讲述接下来发生了什么。骑士们，贵妇们，高贵的盾牌手们，他们为死去的挚友哭泣。故事到此结束：这就是尼伯龙根人的悲惨故事。——原注

《尼伯龙根之歌》的第一部分或许比不上《伏尔松萨迦》的相关部分，隐身衣并非很恰当的设置。而第二部分则完全相反，因为这部分的主要人物是巨人般的哈根。有些版本中将其称为特洛伊的哈根，这位勇士完美地诠释了日耳曼式的忠诚。按照奥托·伊日切克《德国英雄传奇》的解释，日耳曼式的忠诚"并非不能与犯罪或背叛共存，也可以容忍欺骗与偏见，因为古代的日耳曼人并没有将忠诚看作一种抽象的、放之四海而皆准的道德戒律，更多的只是把它看作一种个人的法律关系"。哈根只忠诚于他的主人，虽然后者极易嫉妒。正是这种忠诚让他欺骗了克里姆希尔特，杀死了齐格弗里德，而完全不顾自己的荣誉。哈根并不期望命运会对他网开一面，执掌他世界的戒律与其他的一样严酷。

古德隆恩为兄弟们报了仇，克里姆希尔特则为她的丈夫报了仇。在后者心中，婚姻中的基督教纽带明显要比古老的异教徒的血亲纽带更为牢固。

让我们感到痛心的是，《尼伯龙根之歌》的吟诵者压缩或减弱了诗中最为美妙的地方。我们认为，大概正因如此，吟诵者却帮助这个故事从童话故事走向了小说。

《古德隆恩》

　　《小埃达》第四十九章写道："说到战争，我们就会说是夏德宁人的风暴或雪暴；说到武器，我们就会说是夏德宁人的棍棒或火焰。这么说是因为有这样一个故事：赫格尼国王有个女儿名叫希露德。一天，赫格尼去议会（国王去议会这可能是斯诺里加上去的一个日常化特征，目的是为了减少故事的传说性）的时候，希露德被夏朗帝的儿子赫丁掳走了。当赫格尼得知王国被侵、女儿被掳之后，率领军队前去追寻，却听说掠夺者去了北方。赫格尼来到挪威，却被告知赫丁坐船向西去了。赫格尼坐上船，一直追赶到奥克尼群岛，等他在今日岛靠岸的时候，发现赫丁率领军队就守候在岛上。希露德前来迎接父亲，向他献上了赫丁准备的项链，作为求和的象征，却说如果赫格尼拒绝接受项链，赫丁也做好了战斗的准备，一定会杀他个片甲不留。赫格尼严词拒绝。希露德告诉赫丁她父亲拒绝议和，宁愿与之一战。双方军队集结之后，赫丁对岳父喊话，向他献上大量黄金。赫格尼却回答：'你的礼物送来的太晚了，因为我手中的赫格尼之剑已经出鞘，这是一把小矮人打造的宝剑，一旦出鞘，必将沾染人血。'于是赫丁回答道：'你不过在夸耀你的宝剑，而不是确定你的胜利。我觉得只要能够好好为主人效力，这便是一把好剑。'于是，双方开始大战。这场战斗被称为'夏德宁人的风暴'，双方大战一整天，晚上又各自回到自己的船上。晚上，希露德来到战场上，用魔法悉数复活了白天战死的勇士。第二天，国王下船再战，头天倒下的战士起身继续彼此厮杀。战争就这么继续下去，日复一日。每当夜幕降临，战士、武器和盔甲全都变成了石头。每当晨曦初现，战士就活过来继续战斗。战争一直持续，直到众神黄昏降临才宣告结束。"

我们这里复述的这个故事，是长诗《古德隆恩》的故事来源之一。该诗于十三世纪初叶创作于奥地利或巴伐利亚或蒂罗尔。诗中并没有一场《小埃达》中提到的永无止境的战争，却有一场延续了三代人的争斗。

爱尔兰国王之子哈根年幼时被一头狮身鹰头兽掳走，被带到了一个荒凉的小岛上。他被同为狮身鹰头兽掳来的三位公主养大。这三位公主，一位是印度国王之女，一位是葡萄牙国王之女，还有一位是冰岛国王之女。一条船救走了他们，把他们送到爱尔兰。哈根继承了王位，和印度公主希尔德结婚。两人婚后育有一女，名字也叫希尔德。希尔德年轻貌美，追求者众多。若有人派使者前来求婚，哈根便下令绞死使者。三位英雄——分别是来自丹麦的霍兰特和弗鲁特，以及来自斯多门的韦特——决心为他们的黑格林人的国王黑特尔赢得美人归。三人驾着一艘华丽的大船来到爱尔兰，船上藏着勇敢的武士和丰富的物品。爱尔兰四处流传消息，说他们被黑特尔驱赶出来，前来祈求哈根的庇护。船长韦特是一名经验丰富的武士，就像《尼伯龙根之歌》中的希尔德布兰特。弗鲁特是一名商人，他开店售卖各种货物，谁要是没钱买，他就慷慨赠予。霍兰特是个歌手，再现了俄耳甫斯的奇迹，水中的游鱼、陆上的走兽以及空中的飞鸟都驻足听他吟唱。整个宫殿都为之倾倒。希尔德把自己用过的腰带送给了他，霍兰特回答说他会把腰带带给他的国王。他还说国王是个伟大的王子，是他派自己来爱尔兰征服希尔德的。"看在你的音乐的份上，我也会爱上王子的。"希尔德如是回答。第二天，希尔德带着仆从来到船上，挑选弗鲁特的货物。船儿突然启航，爱尔兰国王及勇士的长矛鞭长莫及。哈根紧紧追赶他们。在黑格林人的海岸边，或许就在德国的北边，爆发了一场残酷的战争，黑特尔被哈根所伤，而哈根则被韦特所伤。国王最终握手言和，希尔德和黑特尔结成夫妻。

命运在第三代身上轮回。古德隆恩，黑特尔与希尔德的女儿，也被人掳走了，就像她母亲和外祖母遭遇的那样。她在诺曼底海岸附近被囚禁了十三年，被迫用头发擦拭尘土、生火做饭，以及在海边浣洗衣物。突然飞来一只鸟儿，口吐人言，说她很快就能获得自由。一天，天刚亮，古德隆恩就看到路上武器林立，海里船帆招展。黑格林人来了，把她在屈辱的岁月中浆洗的白色衣物全部染成了血红。古德隆恩被她的兄弟和未婚夫救走了。长诗有了一个幸福的结局。

有人说，《古德隆恩》之于《尼伯龙根之歌》，就像《伊利亚特》之于《奥德赛》：这是一个续篇，却更加壮阔，也更加波澜不惊。《尼伯龙根之歌》中，就像《奥德赛》中一样，陆地是故事的主要发生地。而在《古德隆恩》中，就像在《伊利亚特》中一样，故事主要发生在海上。《古德隆恩》的文本，仅存有一部手稿。该诗的格律与《尼伯龙根之歌》一样，只是每个诗段的第四行诗全都一样，没有多余的音节，也没有重读音节。

结　　语

　　史学家认为，一〇六六年诺曼人征服英格兰这一事件恰好为盎格鲁-撒克逊文学画上了句号，但这并非盎格鲁-撒克逊文学终结的原因。早在诺曼人的船队登陆英格兰的一百多年前，当地语言就开始出现了分化，斯堪的纳维亚人的入侵则加速了这一分化。词尾的屈折变化和语法中词的阴阳性消失不见了，发音不再精确，韵脚取代了头韵的位置。德国丝毫没有受到外来影响，语言也经历了同样的自然变化过程。早期文学中的两种语言，上古德语（Althochdeutsch）和古撒克逊语（Altniederdeutsch 或 Altsächsisch）于一〇五〇或一一〇〇年前后就绝迹了。从语言学的角度来看，《亚历山大大帝之歌》《尼伯龙根之歌》和《古德隆恩》都属于新生文学，而不是前面提到的两种文字的文学。《希尔德布兰特之歌》的创作者或梅泽堡的巫师，甚至都无法解读《尼伯龙根之歌》中的某一诗段。也许他们从未想过《尼伯龙根之歌》竟然还曾经以诗歌的形式存在过。

悲伤、忠诚和勇气铸就了最初的德国诗歌。明显的血缘关系证明其与英国诗歌之间存在紧密的姻亲关系，而与北欧诗歌之间却存在较大差别。诗歌的格律与用词十分简单，没有像冰岛诗歌中那种对现有比喻的比喻，也没有琴涅武甫神秘签名中的个人化独特特征。从文学起源上来说，德国一直认真歌咏年少的勇士，歌声却未能给歌德与荷尔德林留下丝毫痕迹。

附　　录

一、阿基坦的瓦尔特的逃跑

在公元十世纪德意志文学的概述中，我们提到了一首长诗《瓦尔塔利乌斯》，该诗用拉丁语讲述了一个日耳曼的故事，盎格鲁-撒克逊人也经常这么干。该诗是圣加仑本笃会修道院的初级修士埃克哈德创作的，本来是献给他的老师杰拉尔德的，后者几年之后将该诗献给了一位红衣主教，却没有提到诗人的名字。全诗共计一千五百行六韵诗，是维吉尔的忠实读者之作，讲述了《瓦尔塔利乌斯》的故事。诗歌的主题来源于勃艮第王朝佚失的史诗，即阿基坦的瓦尔特的故事。瓦尔特是国王阿提拉的逃犯，他跟十一名法兰克勇士、国王巩特尔及其属臣哈根狠狠打了一仗。

哈根、瓦尔特和勃艮第的公主希尔德贡特作为人质，从小在阿提拉的王宫一起长大。哈根逃跑成功，回到了巩特尔的王宫。瓦尔特和希尔德贡特相爱了，他们骑着马朝西方逃去，躲入了错综复杂的森林，携带着两个黄金箱子，里面装满了从阿提拉国王那里偷来的财宝。四十天之后，他们远远地望见了莱茵河的河岸。为了横渡莱茵河，他们献出了瓦尔特钓到的一条鱼。这条鱼最后被送上了巩特尔的餐桌。后者询问了船夫，船夫说到了逃犯和盒子里丁零当啷的金属声。"跟我一起庆祝吧！"哈根听到这些后说，"我的朋友瓦尔特从匈奴人那里逃出来了。""跟我一起庆祝吧！"国王巩特尔说，"匈奴人的财宝回来了。"国王下令，让哈根和十一名勇士跟随着他，在森林里通向某个山谷的岩洞里，找到了瓦尔特和希尔德贡特。其中一名勇士要求瓦尔特交出财宝、马匹与女人来换取他的生命；瓦尔特拒绝了，他挨个儿与十一名勇士打斗，打赢了他们每一个人，逐一杀死了这十一人。夜幕降临，瓦尔特感谢上帝让他赢得了胜利，祈祷以后能够在天堂遇上这十一名被他杀死的勇士。其中一名勇士是哈根的侄子。第二天，哈根与巩特尔在野外进攻瓦尔特。一阵激战之后，他们离开了战场。瓦尔特失去了右手，巩特尔失去了一条腿，哈根则失去了一只眼睛。Sic, sic, armillas partiti sunt Avarenses，"于是他们坐地分赃，将匈奴人的手钏一分为三"，埃克哈德如是评论道。在对各自伤残的嘲笑声中，哈根和瓦尔特握手言和。之后，他们分道扬镳；瓦尔特和希尔德贡特则在阿基坦称王。"这就是瓦尔特之歌"（haec est Waltherii poesis）的表述形式，与"这就是尼伯龙根人的悲惨故事"（das ist der Nibelunge not）非常相似，结束了整首诗。

一八六〇年，丹麦发现了两张羊皮纸，上面用盎格鲁-撒克逊语，记录了《瓦尔德雷》的两个片段。据说创作时间大概是在公元八世纪，故事的版本比圣加仑那位修士的更加粗糙。在《瓦尔塔利乌斯》中，希尔德贡特再三要求她的未婚夫避开那场惨痛的战斗。而在《瓦尔德雷》中，希尔德贡特却提醒她的未婚夫，说他是阿提拉的军官，说他的剑所向披靡，因为这是维兰德铸的。

十三世纪波兰的一部作品（*Chronicon Boguphali Episcopi*）同样也讲述了瓦尔特逃跑的故事。

二、阿里奥斯托和尼伯龙根人

十六世纪初叶，阿里奥斯托突然将卡洛林王朝传奇中的查理一世王朝与亚瑟王传奇中的人物与故事搅和在一起，创作出一首波澜壮阔、变化多端、光荣伟大的诗歌，亦经常被称为文学中最为幸福的作品之一的《疯狂的罗兰》。关于《疯狂的罗兰》来源的研究似乎已经穷尽，但是，路易吉·伦却于今时今日在访谈中提到了"对尼伯龙根的回忆"，并对此做了一些研究（《北欧神话》，罗马，一九四五年，第一八三——一九二页）。在《尼伯龙根之歌》第七首《历险诗》中，齐格弗里德伪装成巩特尔，与布隆希尔德打斗并赢了后者。而在《疯狂的罗兰》的四十五歌中，鲁杰罗伪装成莱昂内，与布拉达曼特打斗并赢了后者。贞女勇士布拉达曼特只会与跟其大战一场并且赢了她的男子结婚（第四十四歌，第七十诗段），非常奇妙地和布隆希尔德的情况如出一辙。如果说此前还有过类似的现象，那么就得追溯到奥维德《变形记》中的阿塔兰忒的故事、博亚尔多笔下的莱奥迪拉和马可·波罗提

138

到过的某个鞑靼公主的故事，故事中说公主战胜了无数的追求者，最后在某次战斗的混乱之中，被一名骑士吸引了目光，觉得骑士肯定会被别人杀死，所以就决定把他作为自己的丈夫（《马可·波罗游记》，第三章，第四十九节）。布隆希尔德是统治冰岛的女王；在阿里奥斯托作品的第三十二歌中，我们可以读到，布拉达曼特在卡奥尔城郊看到一名妇女手持盾牌，她认出这是遗失岛（冰岛的另一种称呼）的女王，就派人去找查理曼大帝，让皇帝派手下最勇敢的臣子前来，谁能配得上那个妇女手中的盾牌，谁就能赢得女王的爱情。

阿里奥斯托不可能直接了解《尼伯龙根之歌》，为了清楚说明我们在此列举的种种相似之处，我们只好临时假设存在某个拉丁语的来源。

斯堪的纳维亚文学

中世纪的日耳曼文学中，最复杂最丰富的就是无与伦比的斯堪的纳维亚文学。之前在英格兰或者德意志的那些最初的书写也是有意义的，因为这些文字很大程度上预示了——或者说我们认为这些文字预示了——后来的那些书写。在盎格鲁-撒克逊的哀歌中我们提前感受到了浪漫主义的倾向，而在《尼伯龙根之歌》中，我们则感受到了瓦格纳的乐剧。然而，古老的北欧文学却以其独特的方式宣告着它的意义，北欧文学的研究者可以从易卜生或斯特林堡身上感受到它的存在。北欧文学主要产生于冰岛，最好要了解一下冰岛这个被罗马人称为"天涯海角"的遥远岛屿的历史环境，要知道，这里曾经是古老的异教文化的解救之地和最后的庇护所——

最后的图勒。

公元九世纪末，哈拉尔德·哈尔法格是当时的挪威之主。当时的挪威，被划分为三十个区，哈拉尔德想娶另一个小国国王的女儿为妻。后者却说只有当哈拉尔德把挪威变成一个统一的国家之后，她才会答应嫁给他。哈拉尔德发誓，在征服所有地区之前不剃发不梳头。于是，十年征战之后，挪威只剩下他一个国王。哈拉尔德想起了他的誓言，斯诺里·斯图鲁松写道，下令让他手下的一名公爵帮他剃发，就这样，哈拉尔德获得了"金发王"的绰号，并且娶到了那个野心勃勃的女孩。后来，哈拉尔德还娶了好几位妻子，因为当时在斯堪的纳维亚，一夫多妻是皇族才能享有的特权。

为了躲避"金发王"的残暴统治，许多挪威人都移民去了冰岛。他们带去了武器、工具、劳动器械、财产、马匹等。他们建立起某种类似共和国的组织，由全体人员的议会"阿尔庭"统治这个国度。当时这个国家异常穷困，农民、渔民和海盗是该国最常见的三种职业。当然，也不是不能兼任，当海盗，或者说当维京人，都是骑士的活儿。当时，在爱尔兰和俄罗斯就已经有了斯堪的纳维亚人建立的王国。公元十世纪，格陵兰岛被斯堪的纳维亚人发现并占领。公元十一世纪，他们又发现了美洲。当时的美洲被命名为"文兰"（Vinland，葡萄园之地，葡萄酒之乡）；格陵兰，Grönland（绿色的土地），取这个名字大概就是为了吸引人前去垦荒吧。当时人们认为这些国家都是欧洲的一部分，而美洲的发现并没什么大不了。

维京人的墓志铭散落在世界各地，多半用如尼文刻在石碑上。其中一则是这么写的：

"图拉在此立碑，纪念儿子哈拉尔德，英瓦尔的兄弟。他们勇敢无畏地出发前往遥远的东方去征服雄鹰。两人最后死在了西班牙南部。"

还有一则是这么写的：

"愿上帝保佑奥姆和贡恩劳格的灵魂，可惜他们的身躯已经永远地躺在了伦敦。"

在黑海的一座岛屿上，我们读到：

"格兰尼在此建起一座坟，纪念他的兄弟卡尔。"

下面这句话刻在一头大理石狮子身上，这头狮子曾经坐落在比雷埃夫斯，后来被移到了威尼斯：

"勇士用如尼文刻就……瑞典人把它雕刻在狮子身上。"

冰岛的创建者多半被流放至此，他们用田径比赛打发时光，用民族的传统排解对故土的思念。他们发明了一项独一无二的体育项目，世上其他地方从未见过：马驹打架，让小马驹在母马的注视下，用拳打脚踢、牙咬嘴啃等方式互相厮打。

冰岛人创造了多种多样的文学形式，诗歌和散文均有。与在英格兰和德意志等王国发生的完全不一样的是，崭新的基督教信仰并没有让信徒与信仰古老宗教的人结怨。这些古老的宗教一直都是他们思乡之情的重要组成部分。

这样一来，我们不得不提到奥拉夫·特里格瓦松，他皈依新信仰之后不久，一天晚上，有个老人前来见他。老人身上裹着一袭黑色的斗篷，帽檐儿挡住了眼睛。国王问老人是否会某项技艺，外来的老人回答说他会弹竖琴，会讲故事。于是，他在竖琴上弹出了古老的曲调，讲起了古德隆恩和贡纳尔的故事，最后，老人提到了奥丁的诞生。老人说，三位命运女神来到刚出生的奥丁跟前，前两位许诺给他伟大与幸福，但是第三位女神却愤怒地说："这个孩子的生命不会长过他身边那支点亮的蜡烛。"奥丁的父母赶紧熄灭了蜡烛，以确保奥丁不会死去。奥拉夫·特里格瓦松根本不相信这个故事，老人再次表示这确有其事，然后取出一支蜡烛点上。当所有人都看着他点蜡烛的时候，老人说天已经很晚了，他得走了。当蜡烛点完之后，人们四处寻找这位老人。在国王宫殿不远处，奥丁已经死了。

《老埃达》

　　一六四三年，冰岛红衣主教布吕恩约尔弗·斯汶逊得到了十三世纪的一个抄本，或者说一部手稿，手稿共四十五页羊皮纸，三十二页之后还佚失了一些。斯诺里·斯图鲁松在十三世纪用诗体方式创作了一部作品，穿插了古老的诗句和诗段，作品名为《埃达》。按常规推测，斯诺里这部散文体作品来源于某个年代更加久远的诗歌体作品。布吕恩约尔弗认为他手中的这部手抄本就是这个年代更加久远的诗歌体作品。他认为，斯诺里的作品盗用了这个手抄本的名字"埃达"（现在"埃达"被理解成"诗歌艺术"，但很久以前，"埃达"的意思是"太姥姥""家族中的老女人""老婆婆"），所以他把这个名字还给了——我们姑且这么说——手抄本，并将其认定为是智者塞蒙恩德的作品。智者塞蒙恩德是十二世纪冰岛的一位牧师，学识渊博，甚至有巫师之名，用拉丁语创作历史作品。塞蒙恩德实在太过有名，因此人们很容易就会把古老的佚名作品认定为他的作品，就像希腊人对待俄耳甫斯或喀巴拉主义者对待大家长亚伯拉罕一样。布吕恩约尔弗在手抄本的封面上写下了 *Edda Saemundi Multiscii*（《智者塞蒙恩德的埃达》），然后把手抄本送到了哥本哈根皇家图书馆。（正因为如此，这个手抄本被命名为《钦定抄本》。）从此，斯诺里·斯图鲁松的作品被称为《斯诺里埃达》《散文埃达》或《小埃达》，而手抄本中的诗歌，则被称为《塞蒙恩德埃达》《诗歌埃达》或《老埃达》。

《老埃达》一共有三十五首诗，好几首只是一些片段，公元九至十三世纪创作于挪威、冰岛和格陵兰等地。其中一首诗题目为《阿提里的格陵兰之歌》。阿提里就是阿提拉，那个有名的匈奴国王，他已经进入了日耳曼人的传统，他在日耳曼人眼中的形象，就如同马其顿的亚历山大大帝（双角人）在伊斯兰教教众眼中的形象。

《老埃达》中的诗歌是格言的、叙事的、嘲讽的、悲惨的，是关于众神和英雄的。和盎格鲁-撒克逊文学那种拖沓而哀伤的调子不同，埃达的无名诗人是快速——有时甚至盲目——和精神奕奕的。他们经常绝望或愤怒，却从来不悲伤。

《老埃达》开篇第一首诗是《女占卜者的预言》。克尔曾提到这首伟大诗作的崇高性，并将其视为日耳曼古代诗歌的巅峰之作。

塔西佗曾经撰文指出，日耳曼人认为女性身怀预言的能力。在《女占卜者的预言》中，奥丁神就曾向女占卜者询问诸神和大地的命运。按照维格富松的说法，已经死去的女占卜者复活了，前来预言。这是一幅巫术的场景，或者说是死人猜谜的场景，就像《奥德赛》第十一书记载的那样。这场景仿佛发生在诸神的大会上。女占卜者开始回想起了沙石、海洋、大地、天空和草原之前的那段时光。太阳已经有了，只是不知道它的居所何在，星星完全不知道路在何处，月亮也不知道自己能力几何。[1]女占卜者看到诸神聚集在一起，为

---

1 诸多日耳曼的语言中名词都有阴阳性，月亮是阳性名词，太阳则为阴性。《散文埃达》中提到过月亮男神玛尼和太阳女神索尔。在尼采眼中，月亮是一只喜欢在星星织就的地毯上蹀来蹀去的猫，同时也是一名修士。——原注

夜晚、上午、中午、黄昏和一年四季取定了名字。然后，诸神来到一片草原，建起了神坛、教堂和铁匠铺，后者是专门用来冶炼黄金工具的。最后，来了三名法力无边的女神，她们是山精或巨怪的女儿，来自冰封之地。那是东北方向的一片广袤之地，海洋在那里触到了世界的边缘。据说这三位女神就是命运女神，她们的名字分别为过去、现在和将来。

　　诸神用树木造出了世界上第一对夫妻。随后女占卜者看到了世界树尤克特拉希尔的灰烬。谁也不知道世界树的根伸到了哪里，只见它的树冠在陆地上伸展。树干上有个房间，里面住着命运女神，即诺伦三女神。这棵大树，在《老埃达》的其他歌中，是一种神话般的世界地图。第一条树根下是死人的世界，第二条树根下是巨人的世界，而第三条树根下才是凡人的世界。树冠上有一只金鸡，或者雄鹰，或者某只眼中长着游隼的雄鹰。树根下有一条蛇，一只松鼠试图让蛇和鹰互为死敌，并且上蹿下跳，四处传播流言。这些或润色或戏谑的细节都是后加的。女占卜者还见到了争斗与战争，诸神是这些纷争的胜利者，但是有一天，"斧钺的时刻，刀剑的时刻"和"狂风暴雨的时刻，群狼环伺的时刻"终于到来。

此前，金冠雄鸡古林肯比已经叫醒了英雄，而另一只铁锈色的雄鸡则叫醒了死人，还有一只，则叫醒了巨人。这就是诸神的黄昏或劫难日。芬里尔，那头被刀剑堵住嘴的饿狼，冲破了千年的牢笼，吞噬了奥丁。用死人的指甲修建的纳吉法尔号船已经启航。（在《斯诺里埃达》中可以读到："不能由任何人留着指甲死去，要是谁忘了剪指甲，就会加速纳吉法尔号的修建，诸神和凡人一样惧怕这艘船"。）尘世巨蟒沉入海中，首尾相衔，包围了陆地，与雷神托尔决斗，最后让其战死。诸神与冰封之地的巨人搏斗。巨人想沿着彩虹登上天空，彩虹最后崩塌了。太阳变得苍白无力，陆地淹没在大海中，闪亮的星星纷纷从苍穹上坠落。

女占卜者做了最后一次努力，看到陆地重又升起，诸神回到草原上，如同最初看到的那样。诸神在草地上找到了散落的棋子，谈论这之前经历的战争。

世界历史的这个神奇见闻谈及了世界的起源与末日，却只字未提世界的当下，也没提到凡人的命运。伯莎·菲尔波茨[1]

1　Bertha Phillpotts（1877—1932），英国古斯堪的纳维亚语言、文学、历史学者。

猜测，女占卜者见到诸神与巨人之战的巨大悲伤之后被吓坏了，完全忘却了人类及其自身命运。在历险般的最后结局中，她坚信看到了基督教的影响，也许最初的日耳曼人认为世界不会有什么好下场。故事预示着历史会发生周期性重复，世界会以相似的轮回循环上升，这是印度斯坦宇宙起源学的典型观点。而认为世界会以完全一样的方式重复，同样的人会无穷无尽地再生，会重复同样的命运，这是毕达哥拉斯学派和斯多葛学派的主要观点。

《老埃达》中另一篇著名的"独白"叫作《哈瓦玛尔》，是奥丁的系列教谕，出自五六处不同的来源。其中一些比较大众化，教人才智。另一些则对人们进行道德规劝：

"牲口会死去，父母会死去，就连人自己也会死去。只有一样东西是不死的：死者的好名声。"

诗段一三八至一四一以非常独特的方式，提到了神如何牺牲自己来发现如尼文以及这些文字中蕴含的智慧：

"我知道自己被吊在狂风飘摇的树上，身受长矛刺伤。我被当作奥丁的祭品，自己献祭给自己，在无人知晓其树根何在的大树上！

"没有滴水解渴，没有面包充饥。我往下看，拾取如尼文字，边拾边喊，由树上掉落。

"我从博尔颂之子、贝斯特拉之父处学会了九首神奇的歌谣，我喝下了蜂蜜水。

"我的内心深处长出了知识与智慧。我生长进步，我感觉良好。一个词接着另一个，让我获得了第三个词。一个动作接着一个，产生了第三个。"

一个自我牺牲的神祇，一个被长矛射伤却吊在树上的神祇，毋庸置疑，指的就是耶稣。同样，也可以有正当的理由猜测基督教与北欧神话拥有共同的来源。大家都知道，向奥丁神献祭马匹甚至凡人这是一种传统习俗，通常还会把他们挂在树上，身上插上长矛。也许这首诗从某种程度上反映了最初的礼仪风俗，那些像奥丁那样死去的，不管是真正死去还是象征性地死去，最终会变成奥丁。在日耳曼人的神话传说中，奥丁就代表了耶和华或朱庇特，受到塔西佗例子的指引，罗马人将奥丁视为墨丘利，因此，在英语中，墨丘利之日，即星期三，被称作 Wednesday，即 Woden's Day，奥丁之日。奥丁神与墨丘利之间的相似可以确定来自奥丁的聪明才智。

《巴德尔的噩梦》的故事结构与《女占卜者的预言》极为相似。巴德尔是奥丁与弗丽嘉之子，他做了个噩梦。奥丁骑上他那匹有八只蹄子的波斯马斯莱泼尼尔下到地狱。一条满身是血的狗跑来迎接他们，奥丁来到西侧的门边，说出了带有魔力的词语。在坟墓的深处，一个已经死去的女占卜者被唤醒了。她满腹牢骚，但是奥丁却强迫她为儿子巴德尔解梦。女占卜者言辞含糊，她十分疲倦，想尽快回归死亡。《巴德尔的噩梦》于一七六一年被托马斯·格雷引入英语中。格雷的版本中出现了下列美丽诗行：

Where long of yore to sleep was laid

The dust of the prophetic Maid[1]

预示了浪漫主义流派的诞生。巴德尔的噩梦指的其实是一个传说，弗丽嘉听到后，担心儿子的安全，命令所有生灵、火、水、铁，所有金属、鸟和蛇都发誓不会伤害巴德尔。巴德尔

1　英文，悠悠长眠之地／预言女仆之尘。

被预示变成了金刚不坏之身，他想出了一个游戏，让诸神往自己身上扔东西，想扔什么就扔什么，无论什么都伤害不了他。外表美貌、内心蛇蝎的洛基神，化身为女子四处探查，发现一小束槲寄生因为太过弱小而被认为不会对巴德尔产生伤害，所以没被要求前去起誓。洛基把槲寄生给了巴尔德那个盲人兄弟，后者把槲寄生扔向巴德尔，巴德尔倒地身亡。"这是诸神和凡人最为悲惨的经历。"故事如是说。诗中巴德尔之梦预示了他的结局。

奥丁同样也是《格里姆尼尔之歌》（或称《假面者之歌》）的主角。奥丁来到一位名叫基罗德的国王的家。巫师预言了国王将死，但人们帮助国王修正了这个预言。奥丁来了，国王让他坐在大厅中熊熊燃烧的两团火焰之间，与他促膝长谈了八个夜晚，直到国王的一个儿子给他送来了一杯喝的。火焰开始灼烧奥丁的斗篷，奥丁和火谈话，使其退避，随后开始缓慢地描述诸神的居所，那个看不见的世界的模样，以及地狱中的河流。最后，奥丁说出了这些地方的名字，一个是不幸，一个是胜利，一个是欢迎，还有一个是遮掩。国王实在搞不懂这个陌生的客人究竟是谁。于是，奥丁对他说：

"利剑青锋森森渴饮血，'可怕之人'下令要杀戮。我晓得你生命已尽头，看见造化女神狄西尔，摆布着你引向死亡路。既然你见到奥丁真身，不妨朝他更走近一点。[1]"

国王此时正坐在王座上，他的膝盖上放着一把半出鞘的剑。国王站起身来，想要攻击神祇。他碰到了剑，剑一下子穿过了他的身体。

盎格鲁-撒克逊诗歌中缺失的情色主题，在《老埃达》中却得到了丰富的表达。由此，我们在《斯基尼尔之歌》（或称《寻找斯基尼尔》）的第六诗段中，我们可以读到：

"在巨人吉米尔宫殿里，我见到个姑娘真俏丽，她娉婷而行使我心醉。她双臂如玉散发霞光，余晖映亮天空与海洋。心猿意马我不能克制。[2]"

《埃达》中不少诗篇都与爱神安德瓦利的宝藏以及阿提拉的死亡相关。

凡人之神托尔，有些类似民众心目中的赫拉克勒斯，他生性暴躁，或驾驶着两头公羊的羊车或徒步扛着大筐在世上

---

1 2 译文引自石琴娥、斯文译《埃达》，译林出版社 2017 年出版。本文中引用《埃达》的片段均出自该书。

巡游，是《阿尔维斯之歌》和《巨人特里姆的歌谣》的主人公。在《阿尔维斯之歌》中，一个侏儒想娶托尔的女儿。白天的日光会石化侏儒，因为他们已经习惯了在黑暗之中生活。侏儒很博学，托尔用问题拖住了侏儒，所有的问题侏儒回答得滔滔不绝，博学睿智，直到太阳出现在空中。他们谈到了云、风、天空、海洋、火、森林、夜晚、种子和啤酒。最后，托尔说："我未曾见过哪个人能够如此博学通晓古今知识。只可惜再多讲也是枉然，皆因为我是在哄你上当。如今天光大亮太阳升起，你厄运难逃将变成石头，当阳光照亮厅堂的时候。"

《巨人特里姆的歌谣》也被称为《寻找雷神之锤》。一个名叫特里姆的巨人偷走了托尔的锤子，并把它藏在八英里深的地下。只有女神弗蕾娅答应嫁给他，特里姆才会把锤子取出来还给托尔。托尔听从洛基的劝说，假扮成弗蕾娅来到巨人家里。婚宴上，新娘子一口气喝下了三桶啤酒，还吃了一头犍牛和八条鲑鱼。洛基解释说这是因为新娘子非常想嫁给特里姆，所以连着八天水米未进。类似的事情出了八件，最后托尔拿回了锤子，把特里姆和宾客都打死了。

《里格的赞歌》讲述的是一位神明造访曾祖父母家、祖父母家和父母家的故事。在每家过夜的时候，客人与女主人都共处一室。九个月之后，每个女主人都生下了一名孩子。曾祖母的儿子是个黄皮肤黑头发的奴隶，祖母的孩子是个恶棍，母亲的孩子，则是个贵族（伯爵）。该诗没有结尾。

《伏尔隆德短曲》的主人公伏尔隆德就是撒克逊人眼中的维兰德。这首诗讲述了一个充满浪漫和魔幻色彩的历险故事。

总体来说，《老埃达》的每一个诗段都包含四句诗。诗段不押尾韵，只是像英格兰诗歌一样押头韵。和英格兰诗歌一样，所有的辅音只能和自己押头韵，而元音和二重元音却可以毫无差别地相互押头韵。按照盎格鲁-撒克逊人的格律规则，每句诗为三个单词，前两个单词为前半句，后一个单词为后半句，这三个单词必须以同一个字母开头。在《老埃达》中，诗歌的结构通常更为复杂。前半句中的两个重读音节必须以两个不同的字母开头，而后半句中的重读音节则必须用不同字母开头，可以按照这个顺序，也可以颠倒顺序。

几乎所有的日耳曼神话都包括在了两部《埃达》中，这为《埃达》在其文学价值之外，又增添了巨大的历史价值和民族志的价值。当今被称为德意志和英格兰的这些地区，它们的神话鲜有保留。除了整个种族共有的一些神祇之外，不应该说日耳曼神话，而应该称斯堪的纳维亚神话，或者该更加严谨地将其称为挪威-冰岛神话。

在《老埃达》的多部诗歌中，瓦尔哈拉或奥丁的宫殿被反复提及。斯诺里·斯图鲁松，在十三世纪初叶，将其描绘成一座黄金屋：为屋里照明的，不是烛火而是宝剑；整座屋子共有五百道门，最后那天，每道门中都会涌出八百名勇士；所有战死疆场的勇士都会来到这里；每天早上，他们会拿上武器，互相厮杀，挨个死去，最后复活，然后他们用蜂蜜酒灌醉自己，吃一头永生野猪的猪肉。有沉思默祷的天堂，有令人欢愉的天堂，有人形的天堂（斯威登堡），还有关于毁灭和杂乱无章的天堂，但是却从未有另一个武士天堂，没有别的天堂像这个一样，所有的欢乐都集中在战斗之上。很多时候，人们塑造这种天堂是为了证明古老的日耳曼部族中的雄浑勇气。

希尔达·罗德里克·埃利斯[1]在她的作品《通往地狱之路》（剑桥大学出版社，一九四五年）中坚持认为斯诺里为了保持

1　Hilda Roderick Ellis Davidson（1914—2006），英国作家，致力于研究日耳曼与凯尔特文化。

严肃和谐的风格，简化了最初来自公元八至九世纪的教条。她还表示，永恒之战的概念是古老的，但它天堂般的特性却并不古老。因此，萨克索·格拉玛提库斯[1]在《丹麦史》中讲述了一名男子被一位神秘妇人引向地下的故事。男子在那里看到了一场战争，妇女告诉他，战斗者全都是尘世间死于战场的男子，而他们之间的争斗是永恒的。在索尔斯泰恩·乌克萨弗托的萨迦中，男主人公进入了一座坟墓，墓中两侧安放着长凳。右侧的长凳上坐着十二名勇士，身穿红衣；左侧的长凳上则坐着十二名恶煞，身穿黑衣。他们相互敌视。他们打了起来，给对方造成了严重的伤害，却未能置对方于死地……对于这些文本的检视倾向于证明一场无穷无尽的战争不过是凡人的一种希望而已。这是一个变化多端、语焉不详的神话，与其说是天堂般的，不如说是地狱性的。弗里德里希·潘策尔[2]断定这个神话来自凯尔特人。记录威尔士系列神话的《马比诺吉昂》中的第七则故事，讲的就是两名勇士，每年五月一日，会为了争夺公主而战，年复一年，直到末日审判将他们分开。

1　Saxo Grammaticus（生活于 12 世纪至 13 世纪初），丹麦历史学家。
2　Friedrich Panzer（1870—1956），德国日耳曼文学专家。

萨　迦

　　埃德蒙德·戈斯[1]注意到，殖民冰岛的贵族创作的散文是文学史上最为奇特的现象之一。这种叙述艺术最初是口头的，听故事是冰岛人打发漫长黑夜的一种消遣方式。于是，在公元十世纪，产生了一种史诗的散文叙述方式：萨迦（Saga）。Saga 一词类似于德语中的 sagen 和英语中的 say（说和指）这两个动词。游吟诗人在各种宴会上，反复讲述萨迦的故事。

　　通常一代或两代口头传唱者就能确定每个萨迦的形式。随后，这些萨迦就会被写成文字，并添油加醋地增添许多内容。萨迦讲述的是冰岛人的故事，有时候甚至就是诗人自己的故事。如果是后一种情况，吟唱者会在对话中插入自己创作的诗句。萨迦的风格简洁、明了，几乎都是口语化的，经常会押头韵作为装饰。萨迦的题材中经常出现家谱、争执和吵架斗殴。叙事严格遵照时间顺序；没有角色性格分析，人物通过言行展示自己。这种方法赋予萨迦戏剧性的特点，并且预示着某种电影技术。作者对作品中提及的内容不作任何评论。萨迦就像现实故事，有些事情一开始晦暗不明，后来逐渐自证其身。有些事情看上去毫不起眼，后来却越来越凸显出重要性。例如，在《尼亚尔萨迦》最初的一个章节中，美人哈尔盖德一次行事不端，使得她丈夫，最勇敢也最平和的勇士贡纳尔打了她一耳光。多年之后，仇敌围住了他们家。屋门紧闭，屋子里鸦雀无声。一名入侵者爬上窗沿，贡纳尔用长矛刺伤了他。

"贡纳尔在家吗？"入侵者的同伴问道。

"他在不在我不知道，但是他的长矛在。"受了伤的入侵者回答道，玩笑还停留在嘴边，人却死了。

贡纳尔用射出的箭制伏了入侵者，但是最后，他的弓弦断了。

1　Edmund Gosse（1849—1928），英国文学史家、评论家、翻译家。

"把你的头发揪一根下来给我当弓弦吧。"贡纳尔对哈尔盖德说。

"这是不是事关你的生死？"她问。

"是的。"贡纳尔回答。

"那么，我想起那次你打了我一耳光。现在，我要看着你死。"哈尔盖德说。

就这样，贡纳尔死了，被好多人打败了。他们还杀死了他的狗萨姆尔，当然，萨姆尔死前还咬死了一个入侵者。

故事从来没有对我们提到过这份仇恨，而现在，我们突然之间知道了，突兀的，可怕的，带着和贡纳尔一样的震惊。

中世纪的艺术同时也是充满象征意味的。但丁的作品《新生》，其本身就带有某种自传性质，讲述了他对贝雅特里齐的情义。作品中蕴含了不少复杂的数字游戏，某位出版者就提醒大家，不可以按照字面意思来理解这部作品，他补充说，但丁绝不会讲述刚刚发生的故事。应该提醒大家的是，在鉴赏像萨迦这样在中世纪鼎盛时期却采用超凡脱俗而又令人惊叹的现实主义手法时，也适用上述原则。西班牙流浪汉小说的现实主义中往往蕴含了某个道德目的，法国的现实主义经常在情色刺激与保罗·格鲁萨克所谓的"垃圾照片"之间摇摆不定，美国的现实主义从残酷无情走向多愁善感，萨迦的现实主义却一直遵从不偏不倚的描述。它们清晰而诚实地描绘了一个在我们眼中极为荒蛮的世界，与巴黎或伦敦的世界相比，特别是与普罗旺斯或意大利相比，这个世界显得尤其野蛮。这种现实主义承认超自然，作品的叙述者和倾听者相信神灵和魔法的存在就足以证明这一点。例如，在《尼亚尔萨迦》中，我们可以读到：

"第二个夜晚，布罗迪尔的船上，剑已出鞘，刀斧和长矛在空中飞舞、混战。武器追随着勇士。勇士想用盾牌防身，但是他们中的好多人倒下了，每条船上都死了一个人。"

这个景象出现在叛逆者布罗迪尔的船队中，早在战斗将其船队摧毁之前。《格林童话》的某个故事中也出现了类似的场景。一个青年拥有一根魔杖，只要下令，魔杖就会自动打人。

萨迦的人物并非全部好人或者坏人。没有高大全的完人，也没有十恶不赦的魔鬼。好人并不一定有好报，而坏人也不一定会受到惩罚。而是像在现实生活中一样，有巧合，有命运的对称图形。也有逼真的不确定性，叙事者说："一些人这样说，而另一些人则那样说……"如果故事中的某个人物撒谎了，故事不会告诉我们他撒谎了，后面，我们就会明白。

　　萨迦中的地形是准确无误的，费利克斯·尼德纳[1]和威廉·亚历山大·克雷吉[2]的教材中收录了冰岛的地图，标记了许多萨迦的故事发生地。大多数萨迦，也是最好的萨迦，都集中在西边，那里正是挪威流亡者与爱尔兰人混血的地方。一八七一年，英国诗人威廉·莫里斯凭借这些地图才得以访问古德隆恩死亡之处和大力士格雷蒂尔居住过的洞穴。

　　我们从《格雷蒂尔萨迦》第四十五章摘录了下列段落，直译如下：

　　"圣约翰之夜前的一天，索比约恩骑马去比亚尔格。他戴着头盔，身上佩戴着剑和宽刃长矛。天下着雨。阿提里的工兵有些忙着割蒿秆，另外一些则去了北方的豪尔川迪尔打鱼。阿提里只带着少数人在家。索比约恩大概是中午前后到的。他独自一人，骑马来到阿提里家门口。只见房门紧闭，屋外

1　Felix Niedner（1859—1934），德国语文学家、文学史专家。
2　William Alexander Craigie（1867—1957），英国语文学家、词典学家。

空无一人。索比约恩上前敲门，然后躲到了屋后，任谁也不能从屋里看到他。仆人听到有人敲门，一个女仆出来开门。索比约恩看到了她，却没被她看到。女仆回到屋里。阿提里问谁在外面。女仆回答说没看到任何人，就在他们说话的时候，索比约恩再次用力敲门。

"于是，阿提里说：'有人来找我，给我捎来了消息，肯定很紧急。'于是他亲自前去开门，朝外张望。屋外空无一人。此时大雨倾盆，所以阿提里没有走出房门，他一手扶着门框，四下张望。就在这时，索比约恩突然跳了出来，双手握着宽刃长矛，刺入了阿提里的身体……

"阿提里遭到袭击时，说：'现在都开始用刃这么宽的长矛了。'然后就张嘴倒在了门槛上。女人们闻声而来，发现他已经死了。索比约恩骑着马，大声喊着说他就是凶手。他就这样回了家。"

威·帕·克尔（《史诗与传奇》，一八九六年）敏锐地注意到，"萨迦中最具代表性的那些段落通常就是一个男子受到致命一击，说了一句莫名其妙却令人印象深刻的话，随后立刻死去，就像《格雷蒂尔萨迦》中阿提里的故事那样。那个场景是此类作品中的最佳场景，简直无懈可击。不过，也许正是因为这类场景和这类表述实在太多了，所以已经无法激发人们去怀疑这类场景和这类审判其实是人为的。"我们不由得回想起被贡纳尔一矛射中而死的那位男子死前最后的话。

萨迦的差异化特征代表了起源之地的不同环境。萨迦是现实主义的，因为它讲述了，或者更确切地说，试图讲述真实发生的事件。萨迦的讲述非常详细，因为事实就是如此。萨迦回避做心理分析，因为叙述者无法知道人物的思想，他们只了解人物的言行举止。萨迦是各种历史事实的一个客观编年记录，这归功于萨迦创作的非个人化。创作者的名字没人记得，那是因为从来就没有创作者。在吟唱的往来中，反复的吟唱不断磨砺着萨迦，就像奇闻轶事那样。

萨迦中有大量关于打架斗殴、追逐奔跑的故事，同时还提到人们听人吟唱萨迦以作消遣。这些萨迦人们早就耳熟能详，吟诵甚至可以延续好几天，依然是聚会上众人十分喜爱的节目。例如，挪威国王哈拉尔德·哈德拉达曾经听一个冰岛人吟唱了一首关于他本人的萨迦，而吟唱活动一直持续了十二天之久。第十三天，国王说："我喜欢你说的那些，冰岛人，这都是谁教你的？"吟唱者回答道："在冰岛我每年夏天都会去参加国会，都会去听哈尔多尔·斯诺拉森的吟唱。"国王说："这么说来，怪不得你知道得那么清楚。"哈尔多尔·斯诺拉森曾经在对希腊、意大利和非洲的战役中，为哈拉尔德国王效过力。

萨迦从口语发展到书面文字，其间增加了许多元素。众所周知，如尼文的历史非常久远，人们经常把如尼文短文镌刻在岩石或金属上，也会用刀子在木板上刻如尼文，却没有任何证据能证明人们曾用钢笔墨水把如尼文书写在羊皮纸上。公元一〇〇〇年前后，基督教已经被冰岛共和国承认为官方宗教。许多冰岛人已经掌握了拉丁语，可以用这种新的语言全神贯注地研读教会书籍或异教图书。用拉丁语写就的文学也激发了他们用冰岛语创作文学的念头。从冰岛最早的手稿使用的文字中不难找到盎格鲁-撒克逊书法家的影响；从后面这个与拉丁文学如影随形的例子中，不难看出，它曾同样发挥过有效的影响。

公元十二世纪初，阿里·索吉尔松，人称"祭司和博学家"，创作了《冰岛史》，或《冰岛人之书》。这是关于冰岛起源的简明史，法律与宗教方面的材料引起了作者的特别关注。作品严格遵照时间顺序书写，每个重要事件，阿里都会注明信息提供者的名字。斯诺里·斯图鲁松在他的《海姆斯克林拉》的序言中，曾这样描述他的前辈："阿里之所以能够对冰岛及其他民族的历史事实了如指掌，这并非神迹，而是因为他师从智者与老者，而且他自己勤奋好学，又记忆力超群。"一一一七年冬，第一部关于冰岛法律的书问世，在此之前，除了国会主席的记忆，没有任何相关档案。《冰岛史》创作于一一二〇年前后，记录这一史实，并且用这种方式，开启了冰岛文学的书面时代。语言变化甚微，这一点与其他国家的情况不同，中世纪冰岛文学对我们当代读者来说，即刻唾手可得。大众版本中无需将语言进行现代化处理，也无需编写令人茫然不知所措的词汇对照表。十九世纪对于古代文学的研究对冰岛散文优美的文体风格产生了良好的影响，如今，冰岛散文更彰显出纯粹而灵活的特点。优秀萨迦作品的风格是有机的，是建立在口语化风格之上的，也许萨迦是欧洲唯一一种自然发展而没有受到任何外来模式影响的散文。萨迦简洁明了的文字风格并非简单粗鄙，因为萨迦与一种复杂的诗歌风格共存于世，后者有些类似于马拉美的风格，也有些像贡戈拉的风格。萨迦的人物数量众多，例如，在《格雷蒂尔萨迦》中，一共有两百多位人物。因为所有人物都确有其人，因此，很多人物又会出现在其他的萨迦中。一些现代小说家（萨克雷、巴尔扎克、左拉、高兹华斯）也经常这么干，但他们笔下都是想象中的人物。为数众多的萨迦已经销声匿迹了，目前留存于世的萨迦大概有一百四十余部。公元十三世纪，萨迦这种形式广受欢迎，这使得不少人开始伪作"古老的"萨迦。这些伪造的萨迦有些由真实萨迦的某些特征衍生而来，有些则是完全不负责任的生造。这些伪作的文学性几乎为零。萨迦开始演变成故事的代名词，例如，我们看到有《查理曼大帝萨迦》，有讲述哈姆雷特故事的《安姆罗德萨迦》，有《马利亚萨迦》，即《圣母马利亚萨迦》，有《不列颠人萨迦》系列（《不列颠萨迦》或《威尔士萨迦》，从蒙莫斯郡的传奇故事翻译而来），有《亚历山大大帝萨迦》，还有《贝尔拉姆萨迦》，即贝尔拉姆与约瑟伐特传说的翻译版，讲述的是佛陀的传奇故事。

冰岛的英雄萨迦可以按照地理学或者地形学的方式进行

分类。普遍认为西部地区的萨迦优于其他地区的萨迦。《毒舌者贡恩劳格萨迦》就是这类萨迦。贡恩劳格的这个绰号来源于他口中伤人的讽刺语句，他在挪威和英格兰两地游唱。他的故事是这样的："贡恩劳格率人出海航行，秋天，他们在伦敦桥靠岸登陆。彼时正值爱德加之子埃塞尔雷德二世统治英格兰，他是个好国王。贡恩劳格就在伦敦过冬。彼时，英格兰和挪威、芬兰说的是同一种语言。自从私生子威廉（威廉一世）夺得英格兰之后，语言就出现了变化，因为那之后英国开始说法语。贡恩劳格跑去觐见国王，郑重地表达了对国王的敬意。国王问他来自哪里，他据实以告，'不过，'他补充说，'我来是为了见您，先生，因为我写了一首关于您的诗，我想您会很乐意听一听。'国王表示同意，贡恩劳格就吟诵了自己创作的诗歌……国王赏赐了他一条猩红色的毯子，只见毯子用昂贵的真皮做衬里，四周绣着金边。国王还将贡恩劳格收入麾下，于是，贡恩劳格整个冬天都和国王待在一起。"

比《毒舌者贡恩劳格萨迦》名气更大的是《埃吉尔萨迦》。埃吉尔是前基督教时期最杰出的诗人之一。他的人生曲折而传奇。七岁时他就用斧子砍死了一名十一岁的男孩。母亲看他如此大胆，就答应他，等他长大了，就送他一艘维京船。他创下了两项壮举，一项与英格兰撒克逊国王，光荣者埃塞尔斯坦有关，埃吉尔受其之命出征布伦纳堡之战（埃吉尔的兄弟索罗尔夫就死在这场战役中，埃吉尔在其后称颂这场战役的诗歌中哭悼了自己的兄弟）；另一项壮举则与埃吉尔的死敌红发埃里克有关。在约克郡，埃吉尔不幸落入这位国王埃里克手中，后者立即宣布了他的死刑。行刑前一晚，埃吉尔为敌人写了一首赞歌。这赞歌的题目为《赎头歌》。歌中唱道，好多人在国王这里得到了金子和宝石的馈赠，而诗人却欠国王最为珍贵的珍宝：还未砍下的头颅。国王喜欢这首赞歌，就放他走了，走之前告诫他，如果下次再遇到他，一定会杀了他。

萨迦的最后几章讲述了埃吉尔的老朽与死亡。此时埃吉尔已经眼瞎耳聋，人们总是嘲笑他，有个女佣甚至不让他靠近壁炉取暖。他守护着之前光荣岁月中获得的财宝——两个装满了银币的铁箱子，那是埃塞尔斯坦国王送给他的礼物。他提议把这两箱子钱币倒到国会会议桌上，这样，人们就会停止争斗，转去争抢银钱。自然，他的家人不会支持他的这项提议。于是，埃吉尔独自一人骑马出了门，他从马上摔下来，死了。

最令人动容的是其中的第七十八章。埃吉尔失去了儿子，决心绝食求死。好几天过去了，他一直把自己关在房间里。女儿阿斯加德得知了父亲的决定之后，决心要救父亲。她去敲门，告诉父亲她决心陪他一起绝食。埃吉尔让她进门。傍晚时分，阿斯加德提议一起嚼树根，说嚼了这种树根，可以更快接近死亡。埃吉尔跟她要了树根，不久，埃吉尔觉得很渴。阿斯加德让人送来一罐水。水送来之后，阿斯加德喝了一口，说："父亲，他们骗了我们。这不是水，是牛奶。"埃吉尔觉得这是命中注定，于是就屈服了。于是，他为儿子的死写了一首哀歌。阿斯加德悲天悯人的计策并不足以说明这个场景的复杂性。萨迦中还描述了父亲的思想冲突。北方萨迦中最著名的是《格雷蒂尔萨迦》，之前我们已经摘录过一小段。这首萨迦中有一则格兰姆的故事。格兰姆是个心地很坏的牧羊人，拒绝在圣诞节前夜斋戒。后来，人们在山上找到了他的尸体，"肿得像头牛，蓝得像死神"。不知道究竟是谁杀死了他，但是他开始在房子外面游荡，在屋顶奔跑、踢墙脚、杀动物。一天晚上，格雷蒂尔一直等着他，和他打了起来。他们把家里的家具全都打烂了，又跑到野地里去接着打。格雷蒂尔有一把从墓地里取出来的短剑，可以杀死这个死后又复生的死人。月光照进了那双可怕的眼睛，格雷蒂尔看到了，自此，他就开始害怕黑暗，夜晚不敢独自出门。

这则萨迦最后一章中有以下几句话："法学家斯图拉声称没有比大力士格雷蒂尔更著名的流放者了。理由有三。第一，他是最灵活的，抓获他花了最长的时间；第二，他是当时最勇敢的男子，是最能与魔鬼和鬼怪搏斗的勇士；第三，他的死在君士坦丁堡得到了报仇，这从未发生在任何其他冰岛人身上。"

原文中，我们可以读到 Mikklegard 一词，即大城堡，这是冰岛语中对君士坦丁堡的称呼。瑞典人在公元九世纪中叶，在俄罗斯创建了 Gardariki 王国，首都就叫作霍尔姆加德（Holmgard），岛上的城堡（今诺夫哥罗德）[1]。公元十一世纪中叶，君士坦丁堡驻扎有瑞典勇士，他们组成皇帝的卫队。

1　城堡之国。——原注

那些逃脱了诺曼人征服英格兰的丹麦人和盎格鲁-撒克逊人也跑来加入他们，转战亚非。

北方地区的另一首萨迦，《联盟萨迦》（被诅咒者的萨迦），讲述了十一世纪中叶的一些史实，相对而言，这一时期较为风平浪静。一个穷困古怪的老人让一群有钱有势的人出尽洋相。有人说这是唯一一则幽默讽刺的萨迦，正因如此，我们才会为这则萨迦中独有的凄楚感人之处感到喜出望外，甚至备受感动："春天来了，奥德带着二十名随从，往乌斯帕克家而去，前去报仇。快到的时候，瓦利对他说：'你留在这里吧，我继续往前，我去和乌斯帕克谈一谈，只要能谈，就能互相谅解。'于是他们停了下来，瓦利骑马来到乌斯帕克家。屋外空无一人，房门大开，瓦利走了进去。屋子里黑乎乎的，突然，一个男子跳出来，用匕首刺入了瓦利的肩胛骨，瓦利倒下了。他躺在地上，说：'小心点，倒霉的家伙，奥德马上就要来了，他来杀你。派你老婆去见他吧，让她告诉奥德，我俩达成了协议，我已经先回家去了。'乌斯帕克说：'事情已经搞砸了。这记攻击不是针对你，而是针对奥德的。'"

《杀人者格卢姆萨迦》中蕴含了迷信与魔法的因素。一件斗篷、一把剑和一把长矛，这是祖父维格富斯的礼物，为主人公带来了好运。当他离开这三样东西的时候，就开始遭遇厄运。贫穷和眼盲最后淹没了这个故事，就像《埃吉尔萨迦》一样。

《拉克斯达尔萨迦》的情节前后脱节，却有某种浪漫主义的基调，让人禁不住怀疑是相对较为现代的某种创作。这则萨迦启发了威廉·莫里斯，使其创作了一首题为《古德隆恩的爱人》的诗歌，并以其自身的独特方式，开启了《尼伯龙根之歌》的悲惨故事。易卜生在他的《海尔格伦的海盗》中，用不同的名字，完全不使用超自然的手段，介绍了布隆希尔德的故事。《拉克斯达尔萨迦》中的无名叙述者在好几个世纪之前就进行了同类尝试。基亚尔坦就是西古尔德，博利的妻子古德隆恩，就是贡纳尔的妻子伯伦希尔。情境的重复和精确的语言是作者故意为之，其目的，毫无疑问，就是为了向读者指出新旧之间显而易见的关联。

南方地区的萨迦已经完全迷失在，或者说已经融入了《尼亚尔萨迦》之中。尼亚尔是典型的正直的男子，他身上的道德是基督教式的。他的死亡是殉道式的。仇敌包围了他家，放火烧了房子。他的妻子贝格多拉没有弃他而去。他们躲在一块牛皮下，把小孙子放在中间，等着大火熄灭的同时，他们祈祷着"上帝啊，我们在这个世上已经遭火焚烧，求求您不要让我们在另一个世界上再遭火焚烧"，这是尼亚尔说的。他的儿子斯卡费丁说："我们的父亲早早就要睡觉，他必须如此，因为他年事已高。"斯卡费丁死在被火烧着的房子大梁下。围攻者听到他在瓦砾烟火之下唱歌，知道他还活着，后来他们就什么都听不到了，因为他死了。

冰岛东部地区的萨迦有《赫尔薇尔萨迦》和《斯瓦法扎达鲁萨迦》。后者收录了不少与维京人和狂暴战士的战斗。狂暴战士（berserker）会突如其来地获得某种超自然力量，过后却会变得像婴儿一样虚弱。他们在战斗中刀枪不入，经常不带任何护甲，或者只披着熊皮就上阵杀敌（berserker 读起来就像 bear-sark，熊皮），他们会吞食护盾，会高声嚎叫。他们会化身为熊，就像狼人会变身为狼一样。据说某些国王拥有狂暴战士组成的卫队，就像传说阿根廷土著酋长法昆多·基罗加拥有一支虎人（可以化身为老虎的人）军队一样。

狂暴战士突如其来的愤怒以及他们短暂拥有的力量不禁让人想起马来杀人狂。

　　到现在为止，我们考量了冰岛人的萨迦，接着我们要转去研究与发现美洲有关的萨迦。《红发埃里克萨迦》讲述了他作为航海者发现格陵兰岛，并在当地实行殖民统治的经历，他还发现了荷鲁兰（平石之地）、拉克兰（植被茂盛之地），而他的儿子莱夫·埃里克松则发现文兰（葡萄园或葡萄酒之地）的故事，书中也有所涉及。人们对后三个地方的确切位置颇有争议，只知道它们位于北美洲的东海岸。在红发埃里克的故事中，同样提到了索尔芬·卡尔塞弗尼的航海和历险，索尔芬·卡尔塞弗尼是在我们的大洲上定居的第一个欧洲人。书中讲到，一天上午，好多男子从皮制的独木舟上下到岸边，好奇地盯着外来者。"他们肤色黝黑，相貌丑陋，发型极为难看。他们眼睛很大，脸颊很宽。"斯堪的纳维亚人给他们起名 skaeling，意为"下等人"。斯堪的纳维亚人或爱斯基摩人谁都没想到这是一个历史性的时刻，这是美洲与欧洲单纯无辜的对视。这发生于公元十一世纪初年。公元十四世纪初叶，疾病和底层人民消灭了殖民者。《冰岛编年史》记载：

"一二一一年，格陵兰主教埃里克，出发去寻找文兰。"对于他其后的命运我们一无所知，主教和美洲一起消失了。

复仇的主题主导了格陵兰的另一部萨迦《一奶同胞萨迦》。《格雷蒂尔萨迦》中，一个冰岛人启程去了君士坦丁堡，为了给同伴报仇，他加入了国王的卫队；在《一奶同胞萨迦》中，一个名叫索尔莫斯的男子，穿越海洋来到格陵兰，为相爱相杀的朋友报仇。索尔莫斯报了仇，多年后却死在一场战斗中，当时他正朗诵着史诗激励勇士奋勇杀敌，死的时候，嘴唇间还留着刚吟了一半的诗句。

还有一则奇特的萨迦叫作《主教传》。一个较早的故事题为《饥饿觉醒者》，因为作者希望人们通过阅读这部作品，能够如饥似渴地前去了解更多种虔诚。这些宗教传记有些是用拉丁文写的，但是所有故事都缺乏复杂性。

年代更近的萨迦中掺杂着简朴的散文中常见的奢华的诗歌风格。在《一奶同胞萨迦》中，我们惊讶万分地读到："海神澜的女儿们，极力讨好航海者，急切地奉上臂弯里的庇护。"这些异常的修饰宣示了萨迦的没落。

据说基督教为最为著名的《尼亚尔萨迦》注入了宗教精

神，却充满悖论地加速了萨迦的堕落。萨迦和所有小说一样，都需要从人物的丰富性和复杂性中吸取养分。新的信仰最终阻碍了这种无私的沉思，将其带入善良与邪恶的二元世界，对某些人来说是一场灾难，而对另一些人来说，则是一种馈赠。萨迦没落了，故事中充斥着各种令人眼花缭乱的历险，但又索然无味，因为这些故事不再发生在真实的人物身上，而是发生在道德楷模或者万恶的魔鬼身上。人物的这种极端性最终可怕地走向了善恶之间的争斗和众所周知的道德论。

克尔在之前提到过的文章中，用公允而感性的语言说："伟大的冰岛流派，这个流派消失殆尽，后继无人，经过几个世纪的掂量和犹疑之后，才由一些伟大的小说家，以完全独立的方式，将这个流派的所有方法重新复制。"

和所有人一样，民族也有自己的命运。得到与失去，是所有民族共同的变迁。即将拥有一切，然后又失去一切，这是德意志民族的悲惨命运。较之更为奇特同时也更为梦幻的，是斯堪的纳维亚民族的命运。从世界历史的角度来看，斯堪的纳维亚人的战争与书籍似乎从未存在过。一切都不为人所知，也没有留下任何痕迹，仿佛一切都发生在梦里，或者发生在那些眼明心亮的人才能看得到的水晶球中。公元十二世纪，冰岛人发现了小说这种塞万提斯和福楼拜的艺术，而对世界其他地区而言，这种发现如此隐秘而又如此贫瘠，就如同他们对美洲的发现。

古代斯堪的纳维亚吟唱诗人的诗歌

　　公元一〇〇〇年前后，无名吟唱诗人（thulir）逐渐被有文学素养和主观创作意愿的吟唱诗人（skald）所代替。诗歌的形式逐渐演变，在爱尔兰岛上的凯尔特人和拉丁人的影响下，诗歌的节奏韵律与古老的押头韵的方式并存。西方诸岛（这是北方民族对不列颠诸岛的称呼），斯堪的纳维亚人用哀歌的曲调创造出或者发展出了史诗诗歌（kvitha）、家族谱歌（tal）、颂歌（drapa）、咒歌（galdr）、对话诗（mal）和民歌（liod）。这些"西方诗歌"简朴而感人，经常穿插在萨迦中。

　　然而，这些古代斯堪的纳维亚吟唱诗人的诗歌中，诗歌的语言变得越来越复杂。欣赏盎格鲁-撒克逊人的诗作，我们可以看到，诗中经常说鲸鱼之路而不说海洋，说战争之蛇而不说长矛。同样，在《老埃达》中，偶尔可以读到用兵器上的露珠来指代鲜血，用月亮的客厅来指代天空，这些婉转的譬喻虽然奇特，却不会对阅读造成干扰。这些诗人不幸爱上了这种表达，将它们组合叠加使用。于是，就有了下面这段来自埃吉尔·斯卡拉格里姆松的诗：

> 狼牙的涂抹者
>
> 挥洒着红色天鹅的血。
>
> 剑上露珠的雏鹰
>
> 以平原上英雄为食。
>
> 海盗的月亮之蛇
>
> 实现了铁匠的意愿。

"狼牙的涂抹者"指的是勇士，因为他们会把自己杀死的敌人的鲜血涂抹在牙齿上；"红色天鹅"指的是啄食尸体的猛禽，它们通体沾满了鲜血；"剑上露珠"指的是鲜血，而它的"雏鹰"指的又是猛禽；"海盗的月亮"指的是盾牌，而盾牌"之蛇"就是长矛；"铁匠"其实是天上的诸神。

还有个例子：

> 巨人族的歼灭者
> 在海鸥原野上的强壮野牛前轰然倒地。
> 于是诸神，在钟楼守护者哀悼的同时，
> 摧毁了岸边的雏鹰。
> 希腊人的国王无从依靠
> 只好骑马奔驰在礁石间。

"巨人族的歼灭者"指的是托尔。"钟楼守护者"则是守护耶稣信仰的牧师。"希腊人的国王"指的就是耶稣，不知道为什么，这也是君士坦丁堡皇帝的诸多头衔之一。"海鸥原野上的野牛""岸边的雏鹰"和"礁石间奔驰的骏马"指代的并非三种不同寻常的动物，而是同一艘饱受摧残的舰船。在这些艰涩的句式中，第一个意象反而较为简单，因为"海鸥原野"早已是大海的代名词。在《散文埃达》中，斯诺里·斯图鲁松注意到："平实的比喻是将战斗比作箭镞的风暴，双重比喻则是把刀剑比作箭镞风暴的投掷物。"应该指出的是，从

"箭镞的风暴"到"箭镞风暴的投掷物"的表述简要地概括了
冰岛诗歌的发展历程。

一九一八年，保罗·格鲁萨克在一篇关于"格言警句
派著名大师"格拉西安[1]的研究文章的结尾处写下了这样的
文字："人们经常能够在印第安人的神庙中找到檀香木盒
或紫胶盒，镶嵌精致，用繁复的锁具锁了三层或四层：最
有意思的事情就在于把它们一层一层地打开，进入神秘的
藏宝中心，找到一张干枯的纸条，一小撮尘土……"印第
安人精细的木工活正好证明，重要的不是那一小撮尘土，
而是盒子繁复的结构。冰岛的诗人也是如此，重要的不是
"猛禽"的概念，而是"红色天鹅"的意象。比喻中蕴含着
直白的词句所缺乏的愉悦，说鲜血和说刀剑的波浪感觉是
不一样的。

隐喻语（kenning，复数形式为 kenningar），指的就是这
种形象的技艺。在《散文埃达》中，关于隐喻语，有一个长
长的单子。剔除历史和神话的因素，这个单子中还有：

1　Baltasar Gracían y Morales（1601—1658），西班牙哲学家、作家，以西班牙
　　概念主义的代表著称。

鸟儿的家
风儿的家 ┐ 空气

海洋之剑：鲱鱼

波涛中的猪：鲸鱼

座位之树：座椅

颌骨森林：下巴

刀剑大会

刀剑风暴

喷泉的相聚

长矛的飞舞

长矛之歌 ┤ 战斗

雄鹰的节日

红色盾牌之雨

维京人的节日

弓的力量
肩胛骨之脚 ┐ 胳膊

血天鹅
死者的公鸡 }— 秃鹫

制动的追随者：马

头盔安放之处
肩膀上的岩 }— 石头
躯体的城堡

歌咏的锻造炉：诗人的头脑

牛角杯中的波涛
酒杯中的眩晕 }— 啤酒

空气的头盔
空中的星辰大地
月亮之路 }— 天空
风之杯

胸中的苹果
思想的硬球 ┤ 心脏

仇恨的海鸥
伤痛的海鸥
女巫的马 ┤ 乌鸦
乌鸦的表兄弟

言词的巨石：牙齿

刀剑之地
船上的月亮
海盗的月亮 ┤ 盾牌
战斗之顶
战斗的云彩

格斗之冰

愤怒之杖

头盔之火

刀剑之龙

头盔噬咬者　　　　剑

战斗之刺

战斗之鱼

血染的船桨

伤痛之狼

伤痛的枝桠

弓弦的冰雹
　　　　　　　　　箭
战斗之雁

屋里的太阳

树木的消亡　　　　火

庙宇之狼

乌鸦的欢乐 ⎫
鸦嘴染红者 ⎪
鹰隼快乐者 ⎪
头盔之木 ⎬ 武士
刀剑之木 ⎪
刀剑染色者 ⎭

家里的黑色露珠：烟垢

狼之木 ⎫
木制的马 ⎬ 绞刑架

悲痛的露珠：眼泪

尸首之龙 ⎫
盾牌之蛇 ⎬ 长矛

口之剑
嘴之桨 ┤ 舌头

游隼之座
金指环之国 ┤ 手

鲸鱼之屋
天鹅之地
帆之路
维京人的田野 ┤ 大海
海鸥原野
岛之链

乌鸦之木
鹰之燕麦 ┤ 尸首
狼之麦

晕眩的狼

海盗的马

维京人的滑水板　　┐

波浪的马驹　　　　├　船

海上的农夫马车

岸边的雏鹰　　　　┘

脸上的宝石　　　┐
　　　　　　　　├　眼睛
额上的月亮　　　┘

蛇之铺[1]　　　　┐

手上的光辉　　　├　黄金

引起分歧的金属　┘

长矛的静谧：和平

1　暗指蛇守护珍宝的古老信仰。——原注

呼吸之家
心脏之船
灵魂的基座   —| 胸膛
大笑之座

口袋的雪
水晶之冰   —| 白银
赞歌之露

指环之主
财宝分配者   —| 国王
刀剑分发者

岩间的血   —| 河流
网之地

狼的小溪　┐
杀戮的眩晕　│
尸首的露珠　│
战争之汗水　├ 血
乌鸦的啤酒　│
刀剑之水　　│
刀剑的波涛　┘

月亮的姐妹　┐
　　　　　　├ 太阳
空气之火　　┘

梦之大会：梦

动物之海　　┐
暴风雨之地　├ 大地
雾之马　　　┘

人口增长之时 ⎤
毒蛇活跃之际 ⎦ 夏天

火的兄弟 ⎤
森林的伤痛 ⎬ 风
船索之狼 ⎦

我们不应忘记，在原始文本中，每个隐喻语只对应一个复合词。我们写下"屋里的太阳"的地方，原本应该写的是"家中的太阳"；我们写"战斗之刺"的地方，我们原本应该写的是"战争之刺"。将每个隐喻语都用表特质的形容词确切形容的某个名词翻译出来也许是最忠实的，但因为形容词的缺乏，同时也是最无效最困难的。

类似隐喻语的形式也许在所有的语言及其文学中都能找到。阿拉伯语中由父子关系生发出来的表达方式非常丰富：香水的父亲是茉莉花，清晨的父亲是公鸡，箭镞的父亲是弓弦，关隘的父亲是山峦。希腊人吕哥弗隆把赫拉克勒斯称作第三夜的狮子，因为宙斯足足用了三个夜晚来孕育赫拉克勒斯。詹巴蒂斯塔·马里诺[1]将夜莺称为丛林中的美人鱼；弗拉基米尔·马雅可夫斯基将月光比作夜莺的茶。克维多用刀剑的舞蹈来定义一场决斗。圣德肋撒把幽灵称作家中的疯女人。维克多·雨果把蜥蜴叫作客厅里的鳄鱼。布宜诺斯艾利斯的"老乡"把公墓称为"扁鼻佬的庄园"（塌鼻佬庄园，头骨庄园），最后，福楼拜笔下的某个人物则把松树比作棺木。圣母马利亚一连串的祈祷其实也是一份隐喻语的列举清单。沙漠之舟是骆驼的官方同义词，同样的，还有动物之王，指的一定就是狮子。死神的猴子（Affe des Todes），这是德国诗人威廉·克莱姆对梦的称呼。死神之蛋（eggs of death），这是鲁德亚德·吉卜林对那些散落在大海中的矿藏的称呼。无声的戏剧，这是电影最初的名字之一。中国店员人称"系着木头围裙的人"[2]，因为他们经常站在柜台之后。公元十七世纪中叶，布朗《医生的宗教》则带来了这样一个令人惊奇的定义：Lux est umbra Dei（光是上帝之影）。切斯特顿把废墟称为修窗户的建筑师（Ruin is a builder of windows）。在乔伊

1 Giambattista Marino（1569—1625），意大利诗人。
2 即"掌柜的"。

斯的《尤利西斯》中提到了 heaventree of stars，星辰的天堂树，用来指代星空。

然而，古代斯堪的纳维亚吟唱诗人的诗歌中如此纷繁杂乱的比喻，却给繁复的上下文中略显单薄的诗句增添了某种感人的力量。当埃吉尔·斯卡拉格里姆松告诉我们："我所建造的荣誉之墓永远存在于诗歌的国度中"，他的语言几近直白，却分外感人。科尔马克[1] 遗失在常规隐喻语中的这个感叹也同样令人感动："在下一个像斯坦格尔德这样美丽的女子出生之前，石块将会游泳，大海将会遮蔽山峦。"

在讲述萨迦的章节中，我们已经领略了古代斯堪的纳维亚吟唱诗人杂乱无章的生活。他们中不少人一直留在他们国家的记忆中：贡恩劳格，从英格兰埃塞尔雷德二世手中接过一块猩红的毯子，最后死于敌手；托尔莫德，死在战场上，死时仍在吟唱诗歌；埃德温，人称"古代吟唱诗人的掠夺者"，因为他玷污了他的前辈；哈拉尔德·哈德拉达（哈拉尔德三世），既是诗人又是国王，却不幸与托斯蒂格结为同盟；

1　Kormak Ögmundarson（935—970），冰岛吟唱诗人。

哈尔弗雷德，死于海上，现在与麦克白一起，安息在苏格兰诸多小岛中的一座岛上；哈瓦特，他的儿子被人杀死，他只身为儿子复仇；同样没被遗忘的，还有黑人奥塔尔和古罗马法学家马库斯·科克乌斯·涅尔瓦。

历史学家阿里

前面的文字中，我们提到过历史学家阿里·索吉尔松（一〇六七——一一四八），此人又被称为祭司和博学家。他出身高贵，他的先辈中有九世纪都柏林人的国王白王奥拉夫、被苏格兰人背弃的红发托尔斯坦，以及托克尔，古德隆恩的诸多丈夫之一。古德隆恩是《拉克斯达尔萨迦》中的女主人公。

阿里写了《挪威列王纪》，讲述了从最初到一〇六六年哈拉尔德·哈德拉达去世期间挪威诸多统治者的故事。普遍认为他还给丹麦和英格兰也写了类似的书，只是规模略小而已。斯诺里·斯图鲁松的重要作品中保留了《挪威列王纪》的若干片段。

阿里最著名的作品《创立纪》共分为五章。第一章讲述了冰岛的发现过程，其余四章则按照地理方位，介绍了各地居民的名字、谱系及其故事。书中提到了四千名人物（其中一千三百名为女性）和两千个地点。阿里的第三部作品为《冰岛史》，创作于一一二七年左右，现已佚失。只留下一个拉丁文版的概述，题为《冰岛人之书》(Libellus Islandorum)。

很难夸大阿里的重要性。阿里是冰岛历史之父，是冰岛第一位本地散文作家，是发现了创作伟大萨迦和杰出的《海姆斯克林拉》创作风格的人，更是为斯诺里·斯图鲁松奠定基石的人。

逝世于公元十二世纪初的历史学家，威尔士的杰拉尔德，盛赞阿里的功绩，并且宣称冰岛"世代只有一个种族居住，他们话虽不多，却十分诚实可信。他们最看不起欺骗，完全不会撒谎"。（谁也无法否认杰拉尔德的这种才能，在他的作品《行纪》中，他提到两个"值得赞叹"的湖泊。其中一个湖泊中漂浮着一座会随风漂荡的岛屿，而在另一个湖中，则生活着一群独眼鱼，"因为它们没有左眼，但如果读者要求我详细说明这么美轮美奂的环境，我想，我不是那个能够满足大家愿望的合适的人"。）

斯诺里·斯图鲁松

　　斯诺里·斯图鲁松（一一七九——二四一），出身著名的斯图伦斯家族，出生于冰岛西部地区，那个地区是挪威流亡者与凯尔特血统混血之地，也是之前我们提到过的，创作著名萨迦最多的地方。

　　从《斯图伦斯萨迦》中我们可以读到，斯诺里精通任何一项过手的技艺。一个精心设计的石砌泳池保留至今，池里还有温泉，那就是斯诺里·斯图鲁松在公元十三世纪初令人修建的。温泉早在十世纪就已经有了，而土地是属于教会的。斯诺里负责管理这片土地，就在此留下了痕迹。

　　二十岁的时候，斯诺里与一位富家女成婚，妻子为他生下了两个孩子，几年之后，他与妻子离婚。他的妻子是一位教士的女儿，当时在冰岛，没有单身的教会人士。斯诺里是著名的法学家，三十五岁时他就当选为阿尔庭——即冰岛最高法庭和立法大会——的主席。阿尔庭的主席人称"法律讲述者"，负责每年向民众诵读法律，解释法律条文。

斯图鲁松曾为挪威的哈康国王及其王后写过诗，哈康赏赐给他很多礼物，邀请他去挪威王宫，承诺给他崇高的荣誉。斯诺里终于于一二一八年前往挪威，他是挪威古迹专家，还曾为了写书而深入研究过挪威历史。（关于哈康逝世的谣言耽搁了行程。）冰岛共和国是个独立的国家，斯诺里则在哈康的热诚款待之后，接受了男爵（lenderman）的封号。接受这一封号，从法律上来说，就意味着斯诺里成为了挪威国王的臣属。作为冰岛公民和冰岛国会主席，斯诺里承认这种附属关系，把自己的财产献给了哈康，而后者随即又以礼物的方式悉数返还。斯诺里承诺冰岛民众将承认挪威国王的权威。换句话说，就是将冰岛共和国拱手相让。他回到冰岛之后，就把儿子送去挪威作人质。这项承诺让斯诺里获得了叛徒的名号（因为所作所为而成为冰岛的叛徒，同时，他也是哈康的叛徒，因为他压根儿就不想履行承诺）。人们推测斯诺里宣誓会交出冰岛是为了不让别的冰岛人有机会这么做，而事实上，还真有人会这么做。

斯诺里·斯图鲁松在冰岛第二次结婚，严格来说，并不合法。一二二四年以后，他成为了冰岛最富有的人。最富有、最贪婪，同时也是最吝啬的人，却不是最勇敢的人。

斯图鲁松曾与大儿子大吵一架，拒绝将部分财产传给大儿子。他儿子去了挪威，在那里被小舅子吉索尔·索瓦尔松给杀死了。哈康不相信斯诺里的承诺，也厌倦了他的拖延，转而联系斯图拉·西格瓦特松，让他交出冰岛。斯图拉是斯诺里的侄子，却也是斯诺里的死对头。内战爆发了，斯诺里·斯图鲁松集结军队，自然而然地召唤那些曾与他多次出生入死的老人。战斗打响那天天刚一亮，斯诺里就发现这仗根本没法打。他逃到了东海岸，后来又跑去挪威。战争仍在继续，斯图拉死于一场战斗，而流亡在外的斯诺里·斯图鲁松写了一首哀歌，悼念他的侄子兼死敌。他违背哈康的命令，上船驶往冰岛。哈康命令吉索尔·索瓦尔松，这位之前杀死了斯诺里儿子的人，这次前去杀死父亲。吉索尔包围了斯诺里的家，晚上摸进家中。这天下午，一条用如尼文写的秘密消息被送到了斯诺里手中，警告他有危险，但是斯诺里却没能破解。凶手进入了斯诺里家，一个名叫凶煞阿尔尼的人在地下室杀死了斯诺里·斯图鲁松。

十年之后，在当时的其他一项罪行中，一幢被围的房子着火了，一名男子从中逃出生天。他跳楼时摔倒在地。有人认出了他，问道：

"这里难道没人记得谁是斯诺里·斯图鲁松了吗？"

于是，男子被杀死了，因为他就是阿尔尼。随后，吉索尔也被杀了，因为他也在这座房子里。

阿尔尼的死似乎让人联想到了斯诺里。这个简简单单几句话就宣判阿尔尼死亡的人是斯诺里的化身，是屈从命运的形象。故事多少保留了萨迦中的修辞。

"一个关于背叛的复杂故事"，吉尔克里斯特·布罗德[1]如此总结斯诺里的人生。他的伟大之处都藏在他的作品中。

---

1 Arthur Gilchrist Brodear（1888—1971），美国古英语、古日耳曼、古斯堪的纳维亚文学学者，曾翻译斯诺里·斯图鲁松的《散文埃达》。

《小埃达》

在冰岛，新的基督信仰并没有造成对旧信仰的敌视。和之前在挪威、瑞士、德意志、英格兰和丹麦的遭遇不同的是，冰岛的基督教皈依没有见血光。已经在冰岛定居的挪威人完全漠视当地贵族的宗教信仰，这些贵族的后人则十分向往祖先的异教信仰，一如他们对待其他早已佚失的古旧事物。他们从日耳曼神话转向新的信仰，如同不久之后对待古希腊神话的态度。没人相信这个新的信仰，但是，对于它的了解则是受过良好教育的人必不可少的修为。《老埃达》是北方诗歌的基础，如果不懂北方的神话传说，那么这部书几乎无法理解。阅读莎士比亚和贡戈拉，需要了解奥维德的《变形记》才能欣赏。埃吉尔·斯卡拉格里姆松则为《埃达》诗歌的理解预先提供了条件。

斯诺里·斯图鲁松写下的这部作品，《散文埃达》，就是写给诗人和诗歌读者的教材。序言中我们读到："本秘笈针对的是初学者，就是那些想熟练掌握诗歌技巧、完善传统比喻形象储备之人，或者是那些希望能够理解神秘书写内容的人。我们必须尊重这些只有年长者才能读懂的故事，但也希望这些故事能够让基督徒暂时忘记信仰。"

这个最初的序言，尽管一些专家拒绝承认这个序言的真实性，再加上三个部分（《古鲁菲的被骗》《吟唱艺术》和《韵律大全》），这就是《小埃达》或《散文埃达》的全部内容。序言开篇用的就是《圣经·创世记》中的语言："起初神创造天地。"接下来，就讲到了亚当、大洪水以及人类四散的故事。据说，斯诺里在摆出异教徒的宇宙起源说之前，想让读者回想起另一种宇宙起源说，即基督教的、真正的宇宙起源说。我们接着读到："在大地的中心附近，建起了供人类居住的最美最好的房间。之前叫作特洛伊，今天我们管它叫土耳其……那时有十二个王国和一个高高在上的国王，每个王国都由多名统治者管理，城堡里住着十二位首领。其中一位首领名叫门农，他娶了普里阿摩斯的女儿特罗安，他俩的儿子名叫托尔。托尔被一位名叫罗里库斯的公爵抚养长大，但是当托尔满十岁时，他就拿起了父亲的武器。他相貌英俊，像镶嵌在橡木中的象牙那样惹人注目，他的头发比黄金还要灿烂。托尔满十二岁时，他的力量就达到了巅峰，他能一口气从地上举起十张熊皮。之后他杀死了罗里库斯公爵及其夫人葛洛拉，将色雷斯王国据为己有，今天我们将这个地方叫作特鲁德海姆。托尔跑遍了大地各处，打败了所有的狂暴战士和巨人，杀死了一条龙，是所有龙中最大的那条，还杀死了许多猛兽。在他统治王国的北部，托尔遇到了女预言家西比拉并和她结了婚。我不知道西比拉的血统，她是所有女子中最漂亮的那个，她的头发像黄金一样金黄。"

书中继续一一列数托尔的后代，直到数到沃登，"现在我们管他叫奥丁"。奥丁看到自己将在世界北部名声大震，于是，他在随从的簇拥下四处游走，来到了今天被称作撒克逊（德意志）的土地上。奥丁孕育了三名子女，他给每名子女都留下了三分之一的国土，自己则去了瑞士，然后又去了挪威，在那里，他被大海挡住了去路。

接在这个也许是伪造的序言之后的就是《古鲁菲的被骗》。古鲁菲是瑞士的一位国王，精通魔法。他化身为一名老人，来到了神祇居住的城堡。他告诉神祇自己名叫冈格莱里，是沿着蛇路来到了这里，也就是说，他迷路走失了。大厅中三把椅子上坐着三位神，每位神都坐在另一位之上。这三位坐着的神叫作：高神、等高神和第三神。冈格莱里从他们口中听到了《女占卜者的预言》中关于世界起源和世界末日的故事。故事的基调并非不怀好意，但的确暗含嘲讽。一些嘲笑的痕迹显而易见。束缚那头即将吞下太阳的饿狼的锁链就是由六样事物组成的：猫步的响声、女子的胡须、岩石的根须、狗熊的跟腱、游鱼的呼吸和飞鸟的唾液。神祇补充说："你看，我们并没有欺骗你。女人没有胡子，鱼也没有呼吸。我们刚才说的一切都像这些事物那么真实，尽管有些事情的确不容易证实。"有时候，嘲笑出现在一些短小的附加部分中："狼芬尼尔张开了大嘴，下颌碰到了地，上颌碰到了天。如果还有地方，狼嘴还会张得更大。"菲尔波茨早已洞察了这些段落中戏谑的口吻，指出这些段落中还存在着极为优雅的简洁和其他人的情感。一小束槲寄生杀死了巴德尔，书中写道：

"巴德尔倒下的时候,神灵哑口无言,他们中谁也没有足够的力气能抬起他来,所有人面面相觑,所有人都想对罪魁祸首做同样的事,但是谁也不能为巴德尔复仇,因为这是圣地。奥丁比任何人都痛苦,因为他最了解巴德尔的死意味着什么。"

接下来发生的事也令人难忘:神灵抬起巴德尔的尸身,把他送往海边。在巴德尔的船上,他们架起了焚烧尸体的柴堆[1]。船一动不动,直到一位泰坦般的女子最后推了船一把。这位女子来的时候骑着狼,挥舞着毒蛇做的缰绳。奥丁在柴堆上放了一枚魔法戒指,每到第九个晚上就会有八枚一模一样的戒指落到这枚戒指上。船起锚了,九天之后,巴德尔的一个兄弟来到地狱。一位女神告诉他,如果世上所有事物都能为巴德尔哭泣的话,他就可以重回人世。所有的人、动物、

---

1 巴德尔的葬礼遵循了日耳曼人的习俗。在《贝奥武甫》中曾经提到一位国王的尸体被放到船上,然后被推向海洋;也许人们相信大海的另一端就是死者的国度。萨克索·格拉玛提库斯提到,一位撒克逊的国王,尸体被船的残骸堆成的柴堆焚烧之后,又被埋入了坟墓。在希尔达·罗德里克·埃利斯的著作《通往地狱之路》(剑桥大学出版社,一九四五)中,有关于此话题的深入讨论。——原注

大地、岩石、树木，以及金属都为巴德尔哭泣，躲在山洞里的一个女子却说绝不会哭泣。这位女子便是洛基，就是设计让槲寄生杀死奥丁儿子巴德尔的人。这个故事的开头我们已经讲过了，就这样结束了，这样一来便形成了一种对称。所有的事物，除了一样，都发誓不伤害巴德尔；所有的事物，除了一个人，都为他的死亡哭泣。

神话故事讲完之后，神祇和城堡都消失了，只剩下古鲁菲孤身一人，站在旷野之中。这个戛然而止的结局以一种突如其来的方式结束了故事，也契合了故事的题目。这个结尾同样也暗示了故事的内容也许只出于想象，神祇欺骗了国王，但是他们自己也因此变成了欺骗本身。

《埃达》的第二部分是《吟唱诗艺》，即古代斯堪的纳维亚吟唱诗人关于语言的对话。讲述方式与第一部分如出一辙。一位精通魔法的男子，埃吉尔或赫雷（就像另一部分中的瑞士国王）来到神灵居住的要塞。天近黄昏，奥丁让人取来刀剑，刀剑亮闪闪的，都不需要其他光源了。其中一位神和这位男子谈起了诗歌。神列举了诗人应该使用的表达方式。逐渐地，虚构的对话方式被遗忘了，《吟唱诗艺》变成了一本充满各种比喻的词典（非按字母顺序排列）。这些比喻就是前文中我们研究过的那些隐喻语。

例如，我们可以读到（第二十八节）：

"如何称呼火？你将称之为风和海的兄弟，木头或家园的灰烬或毁灭，家中的太阳。"

不少章节中充满了各种神话典故；例如下面这节（第三十二节）：

"如何称呼金子？你将称之为埃吉尔之火，格拉斯尔之针，席夫之发，弗蕾娅之泪，巨人之言、之声或之词，德罗普尼尔之滴，德罗普尼尔之雨或之水，努特里亚之拯救，菲里斯之籽，水与手之火，手之石、之礁或之光。"

还有些章节对每一个隐喻语都做了解释：金子被称为埃吉尔之火，因为埃吉尔用金块作为他家的照明来源，一如奥丁用刀剑取光；德罗普尼尔之滴、之雨或之水，是因为德罗普尼尔是一枚魔法戒指，它能够变出成千上万个戒指，它就是奥丁放在焚烧巴德尔尸体柴堆上的那枚戒指；水之火是因为埃吉尔的家就安在海上；手之火是因为金子是红色的，可以为手做装饰。斯诺里写道："我们说金子是胳膊或双腿之火真是说对了，因为金子是红色的，但是银子的名字却和冰、雪、雹或霜相关，是因为银子是白色的。"接着，又引用了艾温德·斯卡尔达斯皮利尔的几句诗：

我想建起一座赞美
就像石桥一样稳定坚固
我觉得我们的国王不那么贪恋
手肘中已经烧红的煤块。

第五十九节是关于鸟儿的："有两种鸟儿必须要具体明确，因为据说它们的食物和水来自鲜血和尸体，这两种鸟儿就是乌鸦和鹰。关于鸟儿，不管它们叫什么名字，只要它们和鲜血或尸体的形象沾边，那么，它们就可以作为乌鸦和鹰的同名词。"于是，埃吉尔·斯卡拉格里姆松就说"红色天鹅的肉"，埃纳尔·斯库拉松则说"喂饱仇恨海鸥的国王"。

第六十二节则列举了下列时间的名词："天空、过去的天、代、旧年、年、季节、冬天、夏天、春天、秋天、月、星期、天、夜晚、上午、下午、昏暗、早、快、晚、后、前天、前夜、昨天、明天、时、刻"。还引用了《阿尔维斯之歌》中的一段诗：

　　夜晚，人们为其命名

　　浓雾之时，神灵

　　纵情享乐之时，上位者，

　　无痛之时，巨人；

　　快乐地入睡，精灵如是称呼，

　　侏儒，梦的编织者。

　　第五十一节提到了基督的名字。书中说诗人把基督称作天与地、天使与太阳的创造者，世界、天空与天使之主，天穹、太阳、天使、耶路撒冷、约旦、希腊之王，使徒与圣徒的王子。书中还引用了马可·奥勒留的诗句，将基督称作风暴之家，即天空的主人。古斯塔夫·奈克尔[1]注意到，对于已

1　Gustav Neckel（1878—1940），德国古日耳曼和古斯堪的纳维亚文学学者。

经皈依了基督教的日耳曼人来说，基督就是上帝，他们从来不谈论三位一体中的其他两位。事实上，上面列举的那些名字，好些其实应该指的是天父。

一六四八年，巴尔塔萨·格拉西安的《智慧书》在西班牙出版。书中第十篇讲演中有这么一段文字，让人不由得联想到《吟唱诗艺》中的各节：

"一位才华横溢的吟唱者用这种方式不断搜寻着对于太阳的称谓。维吉尔把太阳叫作光之王：Per duodena regit Sol aureus astra。贺拉斯将太阳称作天空的荣耀与光芒：Lucidum Coeli decus。奥维德，白日之镜：Opposita speculi refertur imagine Phoebus。卢坎，光之源：Largus item liquidis fons luminis ethereus Sol。西利乌斯·伊塔利库斯，世界之灯：Explorat dubios Phoebea lampade natos。斯塔提乌斯，宇宙之父：Pater igneus Orbem impleat。悲剧作家塞内加，光明之主：O lucis alme Rector。基督徒维达，玫瑰色的火炬：Et face Sol rosea nigras disjecerat umbras。柏拉图，天上的金链子：Aurea Coeli catena。普林尼，世界之魂：Mundi animus, et mens。奥索尼乌斯，光芒的管家：Aurea proles。波爱修

斯，白日车夫：Quod Phoebus roseum diem curru provehit aureo。阿诺比乌斯，星辰的王子：Syderum Sol Princeps。西塞罗，火炬的主席：Moderator luminum。纳西昂的圣格列高利，星星的歌队：Reliquorum syderum Chorifeus。圣巴西里奥，天空闪亮的眼睛：Oculus Coeli Splendidus。预言王达五德，光之巨人：Exultavit ut Gigas。最后，认真而博学的斐洛则把太阳叫作星辰的公爵：Stellarum Dux。"

《吟唱诗艺》和四个世纪之后编写的《智慧书》，都是比喻方面的"标本"，但是，前者重在传递传统，后者则希望能展示某个文学流派，即格言警句派。

"亲密的冷漠"和"不太机灵的聪明"，这是贝内德托·克罗齐对十七世纪这项技艺的形容（《意大利巴洛克史》）。同样，斯诺里搜集的诸多形象中也存在着类似的不足。

英国诗人威廉·莫里斯致力于翻译并积极宣传萨迦和《埃达》中的作品，他在自己创作的史诗《世俗的天堂》（一八七六年）中引用了大量的隐喻语。我们在此列举其中一些：

战争的火苗：战旗

屠杀的眩晕
战争之风 } ⊢ 攻击

岩石的世界：山峦

战争森林
尖角森林 } ⊢ 战争
战斗森林

刀剑织物：死亡

芬尼尔的迷失
格斗的砖石 } ⊢ 他的剑
齐格弗里德的愤怒

《小埃达》最后一部分是《韵律大全》。这部分是斯诺里·斯图鲁松为哈康国王创作的赞美诗，正是这位国王最后派人杀死了斯诺里。整首赞美诗共计一百零二行，内部格律差别很大。每个诗节后都专门解释其形式上的独特性。这首自由体的长诗的创作目的有二：歌颂哈康的丰功伟绩，并力求在一首诗中，穷尽且展现北方诗歌的不同格律。八十年之前，拉格瓦尔德与霍尔·索林拉松已经尝试创作了类似的精美作品，将其取名为《诗之秘诀》，但质量显然不如《韵律大全》。诗人在诗中添加的解释都出于讲解技巧的目的，例如，"诗的第一句和第三句不押韵，第二句和第四句押韵；每句诗中都有两个词押头韵。"

斯诺里·斯图鲁松的《小埃达》结束于《韵律大全》。一些手稿中还收录了一份古代斯堪的纳维亚吟唱诗人的名单，以及一系列语法讲解，但这些的创作日期都晚于作品正文，古斯塔夫·奈克尔和费利克斯·尼德纳将这些作品的第一部分翻译成了德语。人们推测这些作品的作者是一位教士。作品内容主要围绕书写和发音，其中第二段写道："我们和英国人使用同一种语言，尽管这种语言在我们两个民族的某一国度都发生了很大的变化，或者说在每个国度，语言都在一定程度上发生了变化。"这位冰岛作家不仅仅与英语（盎格鲁-撒克逊语）进行比较，还与拉丁语进行比较，因为他明白世界上的所有语言都源自同一种语言。

《海姆斯克林拉》

　　十二世纪的丹麦历史学家、诗人萨克索·格拉玛提库斯在《丹麦人的业绩》中写道："图勒（冰岛）人喜欢学习和记录所有民族的故事，出版关于他人的精彩故事，在他们看来，并不会比出版自己的故事逊色。"我们提到过冰岛历史之父阿里，他的同代人塞蒙恩德（一〇五六——一一三一）用令人称道的精确时间顺序，写了一部关于国王的书，大概就是用拉丁语写的。塞蒙恩德，人们将其误认为是《诗歌埃达》（也被称为《智者塞蒙恩德的埃达》）的作者，是一位知识渊博的神学家，死后却赢得了巫师的名声，一如圣方济各修士罗杰·培根在英格兰的遭遇。埃里克·奥德松在十二世纪中叶也创作了一部关于挪威国王的故事，至今仍能找到一些片段。不久之后，辛盖里修道院院长卡尔·约恩松，在冰岛北部，写出了《斯韦雷萨迦》，由斯韦雷亲自口述或审核。奥拉夫·特里格瓦松的故事被人用拉丁语写成了两部传记，其中某些章节仍然保留至今。还有一部历史作品，因其引用的诗句和文字而显得弥足珍贵，名字叫作《美封》，之所以叫这个名字，是因为保存至十七世纪的两册作品之一的装帧极为精美，但这两册作品后来却都被付之一炬。还有一部类似的作品名叫《霉封》，里面收录了不少传记，包括挪威和丹麦的国王奥拉夫松大帝，曾浴血奋战于意大利、西西里和东方的哈拉尔德·哈德拉达，即"无情者哈拉尔德"，曾在都柏林附近落入敌人圈套、人称"赤脚大帝"的马格努斯大帝，以及曾经抗击西班牙的阿拉伯人、最后却死于疯狂的西古尔德（朝圣者西古尔德，耶路撒冷行者西古尔德）等人的传记。所有这些历史作品现或已佚失或已变得无足轻重，为斯诺里的《海姆斯克林拉》这一文学巨著做了充足的准备。

卡莱尔在一八七五年前后写下注解："冰岛人，在其漫长的冬天，非常喜欢写字。达尔曼说，他们曾经是，现在仍然也是，非常优秀的书法家。基于这种环境，我们不难理解为什么北方诸王的故事、他们的悲剧、罪行甚至英雄举止会流传至今。冰岛人似乎不仅能在他们的纸或羊皮卷上写下漂亮的字体，而且还是值得称赞的观察者和细节控，他们为我们留下了一连串故事，即萨迦，无论数量还是质量都是野蛮民族中无可比拟的。斯诺里·斯图鲁松关于北方诸王的故事就是从这些古老的萨迦基础上发展而来的，有极强的诗性，但在比较研究方面却十分不屑，故事精心编织，以精确的地图为基础，按时间顺序概述，诸如此类，可以将其看作是世上最伟大的历史作品之一。"另一方面，卡莱尔盛赞"斯诺里感人的伟大、单纯与拙朴的高贵，对于那些古代希腊叙事诗吟游者带给我们的那种世上的高贵来说，有一种史诗或荷马般的东西，没有荷马的格律和节奏，却有荷马的真诚与粗糙的忠诚，还有更多的崇拜、投入与尊敬"。卡莱尔，正如我们能够看到的那样，热情洋溢地称赞斯诺里，却把他仅仅限定为一位粗俗的好人。看不到他作为文化人的嘲讽、忍耐和平静之下的复杂性。

《海姆斯克林拉》共收录了十六位国王的传记，跨越四个世纪的历史。挪威、瑞士、冰岛、英格兰、苏格兰、丹麦、伊比利亚半岛、西西里、俄罗斯和巴勒斯坦都有所涉及。书中提到了 Jorvik（约克郡）；Bretland（威尔士）；Nörvesund（直布罗陀）；Serkland（撒拉逊人之地），可以是西班牙或阿尔及利亚或小亚细亚；Blaaladn（蓝地，黑人之地），即非洲；Miklagard（大城堡，君士坦丁堡）；Seaxland（撒克逊人之地），即德国；Valland，法国西部海岸；Gardariki，即俄罗斯；文兰，即美洲。尽管上文列举的地名纷繁复杂，《海姆斯克林拉》并不是一首关于斯堪的纳维亚帝国的史诗。埃尔南·科尔特斯和皮萨罗是为了他们的国王而出战征服土地。所有，或者说几乎所有维京人的丰功伟绩都是个人行为。一个世纪之后，在诺曼底定居的斯堪的纳维亚人，他们虽然给诺曼底起了名字，但已经完全忘记了自己的语言，转而说起了法语。维京人将欧洲海岸洗劫一空——一个特殊的要求，A furore Normannorum libera nos，"让我们远离北方佬的疯狂吧"，被加入到连祷词中，却在爱尔兰、英格兰、诺曼底、西西里和俄罗斯建起了多个国家。这一可怕扩张的纪念碑只是寥寥几块刻着如尼文的石头而已，没闹出什么大的动静，第聂伯河的七条支流至今仍然沿用着斯堪的纳维亚的名字。

与之相反的是，在挪威还经常能见到希腊和阿拉伯的钱币，还有从东方带来的金项链和其他珠宝首饰。

这部作品的第一份手稿——创作于十三世纪中期——缺了第一页。第二页的头两个单词是 Kringla heimsinsk，意为"世界这个圆球"。因此，手稿被称为 Kringla Heimsins 或 Kringla 或 Heimskringla。两个随意的单词就这样变成了作品的名字，然而，这两个词已经预示了书稿涉及内容极其广泛。十六部传记中只有两部篇幅较长，剩下的十四部都是概述。事实由他人之手操控，所以难免有所错漏。

斯诺里在序言中就阐明他的目标不仅仅是记录历史，而是要记录民族的神话传说。他补充说："虽然我们不知道最后这两个故事到底有多少真实性，但是我们相信，那些年迈的智者认为它们真实可信。"他坦言在他的材料中留有古代斯堪的纳维亚吟唱诗人的创作内容，他如此制定自己的评价标准："哈拉尔德·哈尔法格宫廷中就有古代斯堪的纳维亚的吟唱诗人，人们都能背诵他们的诗，特别是关于曾经统治过挪威的那些国王的诗。我们的历史就建立在那些在国王或国王儿子面前吟唱的诗歌之上，我们接受诗中关于国王的战斗和伟业的描述，将它们看作真实的历史。古代斯堪的纳维亚吟唱诗人经常赞美他们吟颂的对象，这是一种风俗习惯，但是谁也不会把明显虚假的丰功伟绩安到某个国王头上，因为这么做明显不是称颂，而变成了嘲讽。"

我们非常感兴趣的是，斯诺里是按照他熟悉的文学的方法对手头的材料进行创作。我们很容易就能猜到他是怎么做的，作者在叙述中采用了萨迦的方法。从英雄萨迦变成了历史萨迦。于是，哈拉尔德·哈德拉达的故事说国王打败了一位名叫哈康的伯爵，此人有勇无谋。故事中还讨论了伯爵是否死于发生在树林旁沼泽里的战斗中。国王的人夺取了哈康伯爵的旗帜。骑士排成一队在树林中行进。一个陌生的骑手从密林中现身，用他手中的戟刺向执旗手，把他刺倒之后就逃走了。其他人把他带到国王面前，国王立刻下令：

"把我的剑和头盔取来！伯爵还活着。"

斯诺里在这里运用了萨迦的技巧；他并没有停下来解释，说国王已经猜到了那个陌生骑手的身份，因为只有哈康伯爵才有能力那么干。

《海姆斯克林拉》有那么一点儿骗人的天真。斯诺里·斯图鲁松啰里啰嗦地介绍了圣人奥拉夫的生平，此人十二世纪中叶被封圣，赢得了"Perpetuus rex Norvegiae"[1]的奇特称号。斯诺里似乎很喜欢他，称他为"这位亲爱的国王"，在他逝世好几百年之后，仍然让他的灵魂出现在历史的关键时刻。但是，斯诺里也略去了他创造的很多奇迹，解释说这些不过是虔信的骗人把戏，还把这些变成了梦中的奇幻之景。

作品中到处都是值得背诵的警句，非常简练。在奥拉夫·特里格瓦松最后的战役中，从已经取得胜利的敌方舰队中射来一支箭，把埃纳尔·塔巴斯克维尔手中的弓一折为二，后者是国王最好的弓箭手，差点儿就杀了敌军首领。

"什么断了？"奥拉夫·特里格瓦松问，头也没回。

"是挪威，陛下，断送在了您手中。"埃纳尔大声回答。

战斗输了，国王被吊死了。

萨迦的无人称叙述也沿用至斯诺里的《海姆斯克林拉》，这种来自北方作家的无人称的和经济的叙述手法，六百多年后被福楼拜带到了小说之中。

---

1 拉丁文，永远的挪威王。

整部作品充满了戏剧性。书中记录的几百个栩栩如生的场景中，也许最令人敬佩的是某场战斗之前的一段对话。我们在此介绍一下当时的情景：托斯蒂格，当时英格兰的撒克逊人国王，戈德温之子哈罗德的弟弟。他觊觎权力，与挪威国王哈拉尔德·哈德拉达结盟。两人率领一支挪威军队，在英格兰东部海岸登陆，攻下了约维克（约克郡）的城堡。在约维克南部，他们与撒克逊人的军队对峙。文中接着写道：

"二十名骑手靠近侵略者的队伍，骑手和马匹同样身披铁甲，其中一名骑手大声喊道：

'托斯蒂格伯爵可在此？'

'我不否认他在。'伯爵回答。

'如果你真的就是托斯蒂格，'骑手说，'我来是告诉你，你哥哥在此奉上他的歉意和三分之一的国土。'

'我接受了的话，'托斯蒂格说，'国王会给哈拉尔德·哈德拉达些什么？'

'国王没有忘了他。'骑手回答，'会给他六英寸英格兰土地，既然他那么高尚，那再多给他一英寸吧。'

'这样的话，'托斯蒂格说，'请转告你的国王，我们会战

斗至死。'

骑手走了。哈拉尔德·哈德拉达沉吟着问道：

'这个这么会说话的骑手是谁？'

伯爵回答道：

'哈罗德，英格兰国王。'"

当天太阳下山之前，挪威人的军队就被打败了。哈拉尔德·哈德拉达死于战斗，伯爵亦如此。

在史诗般的语言背后，藏着一个微妙的心理游戏。哈罗德假装不认识自己的弟弟，让后者从他自己的角度，意识到不能认哥哥；托斯蒂格没有背叛他，但也没有背叛自己的盟友；哈罗德已经准备原谅自己的弟弟，但是却不能忍受挪威国王的入侵，他这么做完全情有可原。此外，还在回答中加上了熟练的文学技巧：奉上三分之一的国土，给予六英寸的英格兰土地。这个回答中还有一个更加令人敬佩的敌方：作为挪威人就将永远处于挪威人的境地。就像一个迦太基人向我们介绍关于雷古鲁斯 [1] 各种丰功伟绩的记忆。

---

1 Mareus Atilius Regulus（？—248），古罗马军事活动家，第一次布匿战争时期的统帅。

斯诺里·斯图鲁松讲了故事的结局：打败挪威人之后，哈罗德又接到了另一起侵略的消息：一支游牧军队在英格兰南部登陆了。哈罗德再次出征，他被打败了，死于黑斯廷斯的行动之中。在《海姆斯克林拉》的书页之外，还有一个斯诺里非常喜欢讲述的事实：国王的尸体被一位深爱他的女子发现了，此人名叫天鹅颈伊迪丝，即伊迪丝·斯万内莎。海因里希·海涅曾在他的《吉卜赛谣曲》中吟唱过这一事件。

　　受到斯诺里故事的激励，一些十九世纪的文人（卡莱尔、奥古斯丁·梯叶里、布尔沃、丁尼生）都曾大手笔地重写过这位冰岛历史学家的质朴故事，并用风光、感叹、古旧的味道、强调等手法为其添加各种装饰，雄心勃勃地要完善故事情节。他们的情形和那些想要重写《圣经》的人一模一样。

对斯诺里·斯图鲁松的肯定

冰岛文化的产生，要归功于自由、流放与对故土的怀念，日耳曼文化在这样的冰岛文化中达到了巅峰，而冰岛文化则在斯诺里多姿多彩的作品中达到了巅峰。

卡莱尔在盛赞斯诺里时，将其定为"荷马般的"。这种认定，在我们看来，实际上是错误的。不管是否从历史标准来看，荷马这个名字总是意味着某种光环，某种与生俱来的东西，而斯诺里·斯图鲁松的情况却不是如此，他在许久之前就已经得到了承认和加冕。把斯诺里比作修昔底德更为合适，因为后者同样为历史赋予了文学性。修昔底德在《伯罗奔尼撒战争史》中的诸多讲演，众所周知，受到了史诗与戏剧的影响，《海姆斯克林拉》的风格也同样受到了萨迦的影响。

斯诺里在《海姆斯克林拉》中，收集了自己种族的历史与传说；在《小埃达》中，汇聚和组织了异教信仰散落的神话，然后对它们进行研究。于是，正如理·莫·梅耶（《古日耳曼宗教史》，莱比锡，一九一○年）指出的那样，斯诺里就这样履行了双重职责：神学家的职责和历史学家的职责。梅耶写道："神学家最后的任务就是编纂：收集资料，并对其进行编写……斯诺里完善了北方的古老神学，是日耳曼古老宗教的奠基者。"在另外一处，我们读到："斯诺里属于神话演变的历史，同时也属于神话学的历史。他是雅各布·格林遥远的同行。尤其，他还是一个伟大的经典散文家。"

自然科学和哲学并没有引起斯诺里的注意。就算没有这些学科，可以肯定地说，斯诺里也在中世纪中叶预示了文艺复兴人的类型。从某种意义上来说，这就是北方的意识，历史、诗歌、神话都在他身上获得新生。也许，他就是履行了确认这些斯堪的纳维亚古老事物的任务，因为他预感到这些事物行将就木，也许是因为他意识到了他自己生活中的不足和缺点造就的那个世界即将分崩离析。

其他历史萨迦

一二六四年前后，在斯诺里·斯图鲁松去世二十年之后，冰岛臣服于挪威王室。内战将那些大家族的力量消耗殆尽。斯诺里的侄子斯图拉·索达松创作了《斯图伦斯萨迦》，即斯图伦斯家族故事的部分内容。斯图拉·索达松人称历史学家斯图拉，一二六三年前往挪威。在一艘王家舰船上，他应王后的要求，讲述了女巫乌尔德的故事，他的成就使得马格努斯国王委托他写下自己父亲的故事，于是就有了《哈康萨迦》。哈康已经踏上远征，去了苏格兰，却没再回来。斯图拉还写了一部《马格努斯萨迦》，即国王马格努斯的故事。《斯图伦斯萨迦》中还插入了"渡鸦"斯文比约登松的生平，此人是著名的弓箭手、手艺人、吟唱诗人、田径运动员、法学家和医生。家族迁徙的努力，加上宗教信仰，使得"渡鸦"斯文比约登松前往圣地亚哥·德·孔波斯特拉、罗马和法国朝圣。在英格兰，他把海马的牙齿奉献给坎特伯雷的圣托马斯大教堂。他回到冰岛之后，他的一个敌人，托瓦尔德·斯诺拉松，放火烧了他家；他想逃，却被烧死了。

另外一部复杂的作品是奥克尼伯爵们的故事，《伯爵萨迦》或《奥克尼伯爵萨迦》。奥克尼家族从公元九世纪中叶开始，从投靠维京人到投靠哈拉尔德·哈尔法格，后来变成了挪威的封建领主，直至一二三一年。奥克尼家族的其中一位伯爵曾前往巴勒斯坦朝圣，还留下了几首关于约旦河的诗。

所谓的古老萨迦

公元十三世纪，出现了所谓的古老萨迦（Fornaldarsögur）。总的来说，这些萨迦没有任何历史价值，它们只追求神话与冒险经历的堆积。挪威的一位国王坦承，这些所谓的"捏造萨迦"让他觉得更为有趣。《哈尔夫萨迦》或《哈尔夫国王传》即此类萨迦。故事发生在一个年代不详的遥远时代，有些类似《一千零一夜》中航海家辛巴达的历险故事。哈尔夫的儿子希约莱夫把长矛扔向一个巨人，刺伤了他的一只眼睛。一天早上，大海上出现了一座人形的大山，开口跟他说话。随后，给他送来一个能预言未来的特里同[1]。最有名的是《弗里乔夫萨迦》。瑞士诗人特格纳尔一八二五年出版了这部作品的一个译本，共二十四歌。译文非常成功，特格纳尔的译文被翻译成英语二十四次，被翻译成德语二十次。歌德虽然已经年迈，但是仍然执笔推荐"这部古老的诗歌作品，活力四射、伟大而野蛮（Gigantisch-barbarisch）"。《弗里乔夫萨迦》是一个充满了基督教道德的爱情故事。故事的主人公是维京人，"但是他只杀坏人，让商人和庄园主可以平静地生活"[2]。他的敌人崇拜巴德尔，还会魔法。弗里乔夫杀死了其中一个敌人，对幸存者说："这场战斗证明我的事业要比你们的成功。"菲尔波茨准确地注意到，成功就证明了美德的概念与日耳曼人古老的异教信仰是完全相悖的。

《朗纳尔·洛德布罗克萨迦》也非常有名。故事的主人公也是一位维京人，诺森布里亚的撒克逊国王艾勒把他扔进了一个蛇洞。朗纳尔以无比的欢乐，一边唱歌，一边等待死亡。我们在此列举其中一段：

1　Triton，传说中海神的侍从。
2　让人联想起罗宾汉、路易斯、坎德拉斯、"魔鬼兄弟"米凯莱·佩扎，以及墨西哥诗歌：
　　马卡里奥多么英俊
　　年少而发盛！
　　他从不掳劫穷人，
　　相反，他拿钱给穷人。——原注

"我很高兴地得知巴德尔的父亲正在为宴席摆放长凳。很快，我就能在弓形的杯子里喝到啤酒。来到弗约尼尔[1]住处的勇士不会哀悼他的死亡。我不会往嘴唇中放入恐惧的词语……众神会欢迎我的到来；我已经迫不及待想要出发。我生命中的日子已经过完。我笑着死去。"

　　《朗纳尔·洛德布罗克萨迦》创作于十三世纪；《朗纳尔之歌》，则创作于一一〇〇年。希尔达·罗德里克·埃利斯，在前文已经提到过的作品中表示，类似这样的诗句通常是由献给奥丁的牺牲品吟唱的。

　　在《伏尔松萨迦》中，我们会再次看到一个男子死于蛇洞之中。

1　弗约尼尔是奥丁的诸多名字之一（《格里姆尼尔之歌》，47），胡戈·格林尝试将其翻译为"诸多形式者"。——原注

《伏尔松萨迦》

　　《老埃达》中有十歌（有些是独白的形式，有些则是对话形式）讲述了同一个冗长而悲惨的故事，被传播到广袤的地区，还延续了好几代人，故事中出现了贡纳尔、西古尔德、布隆希尔德、法夫纳和古德隆恩。这个漫长的故事是体现日耳曼人想象的最初作品之一，根据语文文献学家推测，故事诞生于莱茵河畔，但是我们所能找到的最古老的版本，就是《埃达》中的版本。十三世纪中叶（按照马格努松的说法，应该是十二世纪中叶），一位姓名早已佚失的挪威作者，受到这些史诗的启发，创作了《伏尔松萨迦》。这是用散文扩写的故事，虽然创作时间较晚，却保留了原始和野蛮的痕迹。"讲述西古尔德先辈故事的萨迦"——雅各布·格林注意到，"以一种非常古老的野蛮著称。"

萨迦的第一章和最后一章中，我们都能看到一个灰色胡须、遮住口鼻、帽檐压到眼睛上方的男子。此人就是奥丁，由他来开启和结束故事。在故事的发展进程中，许多人出生，许多人死去。一位神灵，避开生死，衔接开头和结尾。

奥丁、海尼尔和洛基三位神灵，来到一座瀑布前，洛基用石块杀死了一只水獭。当天晚上，他们来到赫瑞德玛家投宿，把水獭皮拿给他们看。赫瑞德玛和他的儿子法夫纳和雷金立刻扣留了神灵，因为那只水獭实际上是赫瑞德玛的儿子欧特，他经常化身水獭前去捕鱼。赫瑞德玛要求神灵用金子填满整张水獭皮。洛基出去找金子，回来救同伴。他在瀑布那里网到了一条鱼，这其实是侏儒安德瓦利，他守护着宝藏，但是，被抓住之前他诅咒和预言宝藏的主人会一个个死去。神灵付了赎金，就被放了。之后，赫瑞德玛拒绝把儿子们应得的那份分发给他们。法夫纳趁赫瑞德玛睡觉的时候杀了他，独自吞下了宝藏。他化身为龙来守护宝藏。雷金则离开了，去丹麦国王耶尔普雷克的王宫当了一名铁匠。

耶尔普雷克让雷金教育西古尔德，此人即《伏尔松萨迦》

的主人公。西古尔德是西格蒙德的遗腹子，是西格蒙德的第二位妻子约迪斯生的。（西格蒙德是伏尔松之子，是奥丁的后代，在他的两次婚姻之前，曾与他妹妹西格尼有过一段乱伦的爱情。西格尼需要一位伏尔松家族的复仇者，因此，她跑到了哥哥的床上。）西古尔德由雷金在森林里抚养长大，后者教他"下象棋、写如尼文、说各种语言，如同当时的王子必须要学习的那样"。雷金为了向法夫纳报仇并夺回财宝，为西古尔德铸了一把剑，名叫格拉墨，这把剑削铁如泥，西古尔德拿着剑一下子就把铁砧劈成了两半。这把剑锋利无比，西古尔德又挥了一下，就砍断了水中的羊绒线。在雷金的坚持下，西古尔德向龙发起进攻，并且杀死了龙。龙垂死之际对他说："你这一生中，每天都会找到无数金子，但是这些金子会毁了你，所有染指这些金子的人都会被毁。"西古尔德回答说："我会离开这里，如果我相信丢掉金子就永远不会死，那我就会丢掉这些金子，但是任何正直而有追求的人都希望手中能握有财富，直到最后一天。至于你，法夫纳，你就继续在痛苦中翻滚吧，直到你死了，你才会被送往地狱。"

法夫纳死了，雷金跟西古尔德要他的心。西古尔德取下他的心，准备交给雷金，此时，他沾满鲜血的双手不小心碰到了嘴唇。龙血让西古尔德能够听懂鸟儿的话语。鸟儿提醒他，雷金准备杀他灭口。西古尔德举起格拉墨剑，杀死了剑的铸造者。鸟儿还告诉他，南方有个熟睡的金发女郎，她被一圈火焰墙包围着。西古尔德装了两大箱金子，骑着马走到可以从地平线上看到一束巨大的光线直冲云霄的地方。他来到了法兰克人的国度。火焰中间有一座城堡，城堡用盾牌做装饰[1]，城堡里睡着一名全副武装的女子。西古尔德拿掉了她的头盔，金发女郎睁开双眼，对他说："啊，西格蒙德的儿子西古尔德来了，头上戴着法夫纳的头盔，手里拿着法夫纳失落的财宝。"然后，她告诉西古尔德，之前奥丁一直很喜欢她，直到她把应该给老人的胜利给了一位年轻人。奥丁把她关起来惩罚她，还把她钉入睡梦之中。现在，她不能像同伴那样去战场上分发胜利了，她得跟一个死人结婚。她教会西

---

1 科勒维尔和托内拉是这么描述的；格林则认为没有什么火焰墙，也没有什么城堡，西古尔德看到的直冲云霄的光不过是围绕在金发女郎身边的盾牌光的反射。莱姆格鲁布纳（《瓦尔基里的复活》，一九三六）坚持认为火焰墙对应的是古老的概念，而为了减弱这种神奇效果，后来人们就用围成一圈的盾牌来取代火焰墙。——原注

古尔德如尼文，让他学会治愈伤口、取得战斗胜利、安抚大海和帮助女人分娩。据说她的名字是西格尔德里法，有评论家将她视为布隆希尔德。西古尔德离开了她，但是发誓会回来跟她结婚。这个历险故事是睡美人故事的一个版本，德语中叫作 Dormröschen，而法语中则叫作 La belle au bois dormant。

西古尔德带着宝藏来到莱茵河畔的约尔基王宫。王后格里姆希尔德是个女巫，公主古德隆恩美貌异常。王后让西古尔德用一个魔法杯喝酒，扰乱了他的记忆，西古尔德与古德隆恩成了亲。古德隆恩的哥哥贡纳尔想和布隆希尔德结婚，后者发誓说只会答应嫁给能够穿过围绕在她城堡周围的火焰墙的男子。

贡纳尔和西古尔德来到火焰墙边。贡纳尔的坐骑拒绝跳过火焰，贡纳尔对西古尔德的坐骑也下了同样的命令，但是依旧徒劳无功。于是，西古尔德装扮成贡纳尔的样子，他骑马越过火焰墙，在布隆希尔德住所门前下马。两人交谈时，西古尔德说："我叫贡纳尔，是约尔基的儿子。我穿过了围绕在你身边的火焰墙，你是我的女人了。"布隆希尔德回答："贡纳尔，如果你不是最优秀的男子，请不要跟我说这些。我和俄罗斯国王作战，我们的武器上沾满了凡人的鲜血，我仍然对打仗如饥似渴。"西古尔德说她应该记得自己的诺言。两人在一起共度了三个夜晚，第三天晚上，他们交换了戒指，但是西古尔德根本没碰布隆希尔德，他在床上，在两人之间，放了一把出鞘的剑。（在《一千零一夜》里也有类似的场景，伯顿认为，剑在此类情况下，代表着英雄的荣誉。）

布隆希尔德和贡纳尔结了婚。一天，布隆希尔德与古德隆恩一起来到河里洗浴。布隆希尔德占了上游，两人吵了起来，于是布隆希尔德说她的丈夫比古德隆恩的丈夫更强。古德隆恩回答道："你这些话真是说错了。那个穿过了火焰墙的是我丈夫，不是你丈夫，和你交换这枚戒指的，不是贡纳尔。"说着，把戒指拿给布隆希尔德看，布隆希尔德认出了戒指，"脸色变得像死人一样苍白，就这样回了家，这天晚上，她一句话都不说"。后来，她威胁说要抛弃贡纳尔，逼着贡纳尔去杀死西古尔德。

古托姆，贡纳尔的半同胞兄弟，接到了这个任务。为了培养古托姆的勇猛，从小用蛇肉和狼肉喂养他。古托姆曾两次尝试去完成这个艰巨的任务，但是他无法忍受西古尔德的目光。第三次，他碰巧遇到西古尔德正在睡觉。他一剑刺中了西古尔德，但是西古尔德死之前先杀死了他。古德隆恩枕在西古尔德肩上睡觉，醒来发现自己浑身是血。布隆希尔德听到古德隆恩的哭号，笑了。

西古尔德死了以后，布隆希尔德发现自己无法独活。她用匕首刺中自己，在此之前向贡纳尔提出了最后的要求："我想和西古尔德葬在一起，两人中间请再放上一把出鞘的剑，就像我们俩同床共枕那些日子里的那样。实际上，我们会更像夫妻，他身后那扇门，在我决意随他而去之后，就永远不会关上。"

多年之后，古德隆恩喝下了母亲给她的魔药之后，嫁给了匈奴王阿提里。阿提里觊觎那份宝藏，背信弃义地邀请贡纳尔和他兄弟赫格尼去自己的王国。两人不顾古德隆恩的警告和女人不祥的梦境，踏上了漫长的旅途。出发前，他们把宝藏沉到了莱茵河底……

他们来到了阿提里治下的国土。一场硬仗之后，两人变成了阶下囚。赫格尼被挖了心，贡纳尔被扔进了蛇穴，但是他仍然没有说出宝藏的埋藏之地。

古德隆恩之前没有想过要替西古尔德报仇，这次却决定要给自己的两个兄弟报仇。她假装与阿提里妥协，准备举行一场葬礼。她杀死了和阿提里生的两个孩子，让阿提里喝下了混有孩子鲜血的酒，吃了孩子的心做的菜。接着，她把酒菜的真相告诉了阿提里。当天晚上，古德隆恩杀死了国王，把城堡付之一炬。

匈奴王阿提里明显就是阿提拉，《伏尔松萨迦》的最后几章中可以看到关于这位著名国王死亡的戏剧性冲突。吉本赞同公元六世纪的历史学家约达尼斯的版本，表示："阿提拉在其长得数不清的女人名单上，加了一位漂亮的女孩伊迪尔科。婚礼极尽奢华之能事，在多瑙河另一边的木质宫殿里举行。国王在酒精和瞌睡的双重作用下，深夜从宴席来到洞房。仆从尊重他的喜好或他的安静，直到第二天下午，不同寻常的沉寂才让他们有所警觉，在他们多次尝试叫喊国王未果之后，他们进入了国王的住所。只见床脚下，瑟瑟发抖的新娘把脸藏在帏布下，一边担心着自己的安危，一边叹息国王的死去，国王在夜间断了气。"这个悲惨的场景发生在公元四五〇年前后。七到八个世纪之后，一个挪威人回忆起这一幕，栩栩如生，更为夸张。

《伏尔松萨迦》是文学史上成就最高的史诗之一。故事的梗概，不可避免地起了一定的教育作用，在加重书稿原始特性的同时，毫不意外地为故事增添了虚构的成分。然而，作品却没有情节那么野蛮，因为情节是作者按照传统安排的。《伏尔松萨迦》故事梗概和《麦克白》的故事梗概遭遇相同，给人的第一印象经常是一团乱糟糟的残酷行径。我们忘了故事的主题对现代人是如此的熟悉，突然发现贡纳尔死于蛇穴其实和发现一位男子在房间中死于十字架上一样令人震惊。和莎士比亚或古希腊的悲剧作家一样，《伏尔松萨迦》的作者接受了古老神奇的神话传说，按照神话的要求，自觉承担了创作合适人物形象的任务。或许有人不相信火焰墙和床中间的剑，但是绝不会有人不相信布隆希尔德以及她的爱情和她的孤独。萨迦中的故事可能是假的，但是人物却是真实的。

另一方面，还有一件事不会使其失去意义，即两位十九世纪的诗人，两位引领时代且现在仍然影响着我们这个时代的诗人，从《伏尔松萨迦》中获得了灵感。一八七六年，威廉·莫里斯，日耳曼主义者、画家与装饰家，英国社会主义之父及萧伯纳的老师，发表了长诗《世俗的天堂》；一八四八至一八七四年，理查德·瓦格纳创作了著名的四部曲《尼伯龙根的指环》。

萨克索·格拉玛提库斯

公元十一世纪，一位丹麦国王同时也是挪威国王和英格兰国王；另一位国王，瓦尔德马二世，统治着从厄尔巴岛到佩普西湖的广袤土地，同时也是汉堡和吕贝克的主人。维京人的语言，即现在被语言学家称为 gammelnorsk 的语言，当时被人们充满激情地称为 donsk tunga，丹麦语。中世纪时期，丹麦是一个勇士之国。在《盎格鲁-撒克逊编年史》的书页中，我们已经找到了丹麦在邻国中引发恐惧的某种证据（"丹麦人骑上马，把所有能带的东西都带走，还犯下了诸多无法言说的罪行"）。除了大量堆砌打破常规的形容词，这个来自某位爱尔兰历史学家的文字也做了同样的描述："总之一句话，就算一个脖子上长了一百个钢铁脑袋，就算每个脑袋就长了一百条尖锐、灵活、新鲜且永不生锈的舌头，就算每条舌头都能说出一百种粗鲁、有力、滔滔不绝的声音，这些都不足以影射、叙述、列举或咏叹爱尔兰人——有男有女、有俗有僧、有老有幼、有贵有贱——遭受的各种恶行，这些爱尔兰人勇敢易怒，是彻头彻尾的异教徒。不管残酷、压迫和暴政是多么巨大，不管爱尔兰习惯在战场上赢得胜利的部族数不胜数，且家族人数众多，不管他们的英雄、冠军、勇敢的战士人数如何众多，也不管骁勇的首领曾经创下了多么辉煌著名的丰功伟绩。没有任何人能够带来轻松自由，能够摆脱那种压迫与暴政，是因为暴政数量大，涉及人群广、残酷易怒，且有伴随压迫而来的粗暴、凶残、愤怒、不羁而无情的绞索，这一切都是因为爱尔兰人光洁、宽阔、众多、沉重、亮闪闪且制作精良的铠甲，也因为他们坚硬、强悍而勇敢的刀剑，他们用心锻造的长矛，他们的业绩和行为的高尚，他们的付出与勇气，他们的力量、毒害与残暴，他们因过度饥渴而引发的勇敢与旺盛，他们高贵地栖息在充满瀑布、河流、沙滩的纯净、平坦、甜美之地爱尔兰。"[1]

　　丹麦的萨迦记录了这个好战的过去。《绍尔德王朝萨迦》讲述了古代国王的故事。书稿的第一部分已经佚失，只留下一个《古代国王萨迦残篇》和关于朗纳尔·洛德布罗克和赫罗尔夫的萨迦，后者讲述了蓝牙王哈罗德和斯文二世的生平。《约姆斯维京人萨迦》用小说的方式，讲述了波美拉尼亚重地约姆斯堡的海盗的故事。这些书籍为萨克索·格拉玛提库斯在十二世纪末期创作他的名作《丹麦人的业绩》提供了帮助。

　　萨克索·格拉玛提库斯，武士的儿子和孙子，出生于十二世纪中叶，走上了教士的道路。他是瓦尔德马一世的部长、红衣主教阿布萨隆的秘书。这位高级神职人员鼓励他书写祖国的故事。直到十七世纪，拉丁语才成为欧洲文化间的

---

[1] 在一部修道院手稿的边缘，人们找到了下面这首四行诗。库诺·梅耶把它翻译成了英语（《爱尔兰诗歌》，一九一一年）。

　　今晚的风苦涩

　　吹动大海的白发；

　　今天我不再惧怕北方的勇猛武士

　　他们奔驰在冰岛的海上。　　　　　　——原注

国际纽带。在他的职业生涯中，萨克索获得了一种明丽却略显造作的写作风格。他的偶像是瓦莱里乌斯·马克西姆斯、查士丁和大百科全书派的乌尔提亚努斯·卡佩拉，他熟练掌握的拉丁语诗作技巧使得他能够在《丹麦人的业绩》中添加本国诗歌的优质译本，现在则替代了那些早已佚失的原作。他的作品又被称为《丹麦史》，一共分为十六部。行文更加详细可靠，更贴近当今。

萨克索·格拉玛提库斯与尊者比德和斯诺里·斯图鲁松一脉相承。很遗憾，在我们看来，比德与异教走得实在太近，只能将其视作敌人。斯诺里带着喜爱与嘲讽，将四散的古老神话重新排列组合。萨克索，按照理·莫·梅耶的说法，则缺少宗教情感，他学识渊博，在他的《丹麦史》中加入了先辈的宗教。无独有偶，维尔肯也指出了萨克索在宗教题材方面干巴巴的不足。

萨克索·格拉玛提库斯不信奉宗教或者对宗教的无动于衷并没有令他忽略奇妙的一面。他认为，历史学家的责任不仅仅在于记录真实的事实，同时也要记录传说与传统。因此，第十部中他为我们讲述了一头熊爱上姑娘，把女孩长时间羁留在自己的洞穴中，并让她为自己孕育了儿子，儿子的后代中有不少人做了国王的故事。在第八部中，讲到了向水手兜售风的女巫，还讲到一位女王，她是那么的美丽，虽然被判去接受野马马蹄的践踏，但是，野马在看到她之后都惊呆了，不敢伤害她。

命运偏爱萨克索·格拉玛提库斯，他的《丹麦人的业绩》第三部包含了哈姆雷特故事的最初版本。作者提到，安姆罗迪或安姆雷斯的父亲霍纹狄被兄弟锋杀害，后者乱伦般地娶了霍纹狄的妻子、王后葛露丝（莎士比亚戏剧中王后名叫乔特鲁德）。安姆雷斯假装发疯，以摆脱锋的残暴统治。锋派一个妓女去接近安姆雷斯，妓女的任务是证明安姆雷斯神志清明。安姆雷斯在朋友的提醒下，没有上当受骗。锋于是又派一名顾问去监视他，此人就躲在王后房间的窗帘后。安姆雷斯，一边像公鸡那样引吭高歌，一边又像挥动翅膀那样挥动手臂，发现了有人闯入偷窥。他用剑杀死了此人，割下了头颅，把尸体大卸八块，扔进了城堡的地洞，让猪分食。锋通过安姆雷斯，给英格兰国王去信，要求国王杀了安姆雷斯。安姆雷斯则用另一封信替代，信中请求国王把女儿嫁给他。

举行婚礼之后，安姆雷斯回到丹麦，却发现人们正在为他的死举办葬礼。当所有宾客都喝得醉醺醺的时候，安姆雷斯放火烧了大厅，所有人都死了。最后，安姆雷斯走上锋的宝座，割下了锋的头颅。

莎士比亚并不知道《丹麦人的业绩》，他的灵感来自米朗索瓦·德·贝尔弗雷斯特[1] 于一五七〇年在巴黎出版的《悲剧故事》。哈姆雷特的某些回答中神秘而简洁的风格早在萨克索的版本中就能找到踪迹。

---

1 François de Belleforest（1530—1583），法国作家、翻译家、诗人。

参 考 书 目

懂法语的人可以直截了当地读懂若利韦和莫斯令人肃然起敬的文选、语法和注释版，由奥比耶出版于巴黎。

至于盎格鲁-撒克逊语，从《贝奥武甫》开始研究是一种传统的做法，《贝奥武甫》可以让教师很容易地收录三千二百行的诗作，但是它的拉丁语综述和冗长通常会令人产生厌恶和逃避的情绪，虽然其中有些章节的确令人难以忘怀。最好的版本是克莱伯的版本，一九五〇年在波士顿出版。

最好还是从《芬斯堡之战》的英勇片段、哀歌《航海者》或《坟墓》入手。

下列选集非常不错：斯威特，《盎格鲁-撒克逊读本》，牛津，一九四八年；马丁·莱纳特，《盎格鲁-撒克逊诗歌与散文》，柏林，一九五五年。

最合适的词典是：约·理·克拉克·霍尔，《简明盎格鲁-撒克逊词典》，剑桥，一九六〇年。

关于冰岛语，最好的文本是：埃·瓦·戈登，《古诺斯语入门》，牛津，一九五七年。

关于冰岛语的基础语言学习，下列教材非常实用：格伦迪宁，《冰岛语自学》，伦敦，一九六一年。

《老埃达》最易接近的版本是：卡尔·温特，海德堡，一九六二年。

最实用最简易的词典是索伊加的辞典，省略了诗化的形象：《古冰岛语词典》，牛津，一九六一年。

德国最初的诗歌都收录在斯特凡·格奥尔格派作家卡尔·沃尔夫斯凯尔的书中：《古德语文学作品》。

下列作品堪称佳作：

威·帕·克尔，《史诗与传奇》，一八九六年。

伯莎·菲尔波茨，《埃达与萨迦》，一九三一年。

扬·德·弗里斯，《古北欧文学史》。

译　　本

　　除了一些粗劣的谜语之外，所有的盎格鲁-撒克逊诗歌都被罗·凯·戈登用英语译写成了散文，已作为值得表彰的每个人都应该拥有的藏书目录中的一卷出版。

　　加文·博恩的译文或再创作令人敬佩，著名的埃兹拉·庞德的试验译作早已不再令人好奇，因为庞德不在意词汇意义的再现，而更关注词语的音律。

　　《老埃达》最好的英文译本是李·霍兰德的译本，奥斯汀，得克萨斯大学出版；最好的德语译本应推胡戈·格林的译本，莱比锡，一八九二年，和费利克斯·根茨默尔的版本，耶拿，一九三四年。

　　斯诺里的《海姆斯克林拉》由埃尔林·莫森译成英语，

剑桥，一九三二年；由费利克斯·尼德纳译成德语，耶拿，一九二二年。后者还把《小埃达》也译成了德语，耶拿，一九二五年；而《海姆斯克林拉》唯一的英文全译本则是阿瑟·吉尔克里斯特·布罗德的译本，牛津，一九二九年。

冰岛萨迦在德语、英语和当代斯堪的纳维亚语中，质量上乘且易得的版本众多。

《冰岛史》由赫尔曼·詹特森翻译成德语，柏林，一九〇〇年；由埃尔顿与鲍威尔翻译成英语，伦敦，一八九四年。

卡尔·西姆罗克对《尼伯龙根之歌》的经典翻译至今无人能出其右；最近的新译本出自克罗纳，斯图加特，一九五四年。

JORGE LUIS BORGES
MARIA ESTHER VAZQUEZ
Literaturas Germánicas Medievales

Copyright © 1995, María Kodama
Copyright © 1966, María Esther Vázquez
Copyright © 1978, Emecé Editores SA (ahora Editorial Planeta SAIC)
All rights reserved

图字：09-2010-614号

图书在版编目（CIP）数据

日耳曼中世纪文学/（阿根廷）豪尔赫·路易斯·博尔赫斯，（阿根廷）玛丽亚·埃丝特·巴斯克斯著；崔燕译. — 上海：上海译文出版社，2021.12
（博尔赫斯全集）
ISBN 978-7-5327-8870-5

Ⅰ.①日… Ⅱ.①豪… ②玛… ③崔… Ⅲ.①文学史－德国－中世纪 Ⅳ.①I516.09

中国版本图书馆CIP数据核字（2021）第263007号

日耳曼中世纪文学 Literaturas Germánicas Medievales	豪尔赫·路易斯·博尔赫斯 玛丽亚·埃丝特·巴斯克斯 崔 燕 译	著	出版统筹 赵武平 责任编辑 缪伶超 装帧设计 陆智昌

上海译文出版社有限公司出版、发行
网址：www.yiwen.com.cn
201101 上海市闵行区号景路159弄B座
上海信老印刷厂印刷

开本850×1168 1/32 印张8.25 插页3 字数86,000
2022年4月第1版 2022年4月第1次印刷

ISBN 978-7-5327-8870-5/I·5487
定价：69.00元